당신만은,

행복하라

당신만은,

행복하라

초판 1쇄 인쇄 2011년 09월 26일
초판 1쇄 발행 2011년 09월 30일

지은이 | 양재규
디자인 | 서유선
기획편집 | 양정규
감수 | 최대열
교정 | 엄미현
펴낸이 | 손형국
펴낸곳 | (주)에세이퍼블리싱
출판등록 | 2004. 12. 1(제2011-77호)
주소 | 서울시 금천구 가산동 371-28 우림라이온스밸리 C동 101호
홈페이지 | www.book.co.kr
전화번호 | 1661-5777
팩스 | (02)2026-5747

ISBN 978-89-6023-686-8 03810

행복강사 양재규가 전하는 '행복한 말하기' 휴먼스피치 코칭

당신만은,
행복하라

양재규 지음

세상 모두가 불행해도 당신만은, 행복하라

contents

들어가며 | 당신만은 행복하라 • 8

파트원. 사람을 살리는 휴먼 스피치 • 11
먹는 게 남는 거다. 마음을 먹자

죽이는 말 vs 살리는 말 | 지금이 바로, 환승할 때 | 접붙이기 |
나는 인생에 걸리는 것이 없다 | 당신은 무엇에 물들었습니까? |
기쁨의 근육을 기르는 방법 | 손가락 하나의 비밀 |
행복한 사람이 될 것을 선택하겠다 | 먼저 해서 남 주자 | 잡초 뽑기 |
사람 그리고 세상 | 변하는 건 마음 | 전세방 | 사무치지 않도록 |

파트투. 이미지를 살리는 휴먼 스피치 • 63
말 한마디가 모든 것을 살린다

위트있는 말 한마디가 첫인상을 결정한다 |
우리는 말의 지배를 받게 되어 있다 | 유머 스피치가 뭐예요? |
말이 바뀌면 사람이 바뀐다 | 사람을 살리는 말하기 기술 |
알아주기 | 사실이라도 듣는 사람은 아프다 |
아빠, 나 밥 먹는데 19등 했어 | 너는 참 말을 푸지게 해 | 감정을 읽는 기술 |
사람을 살리고 싶다면 | 자신을 풍자하면 모든것이 밝아진다.해석의 달인이 되자 |
하나 마나 한 소리 | 그냥 했어요 | 마음을 시원케 하는 말 |

놓치기 쉽지만 꼭 알아야 할 이미지 살리는 대화 필살기 |
평소 안 친한 사람에게 기분 좋게 얼굴 도장 찍기 | 그 다음엔 말 걷기 |
이미지 살리는 대화의 비법 질문하기 |

파트뜨리. 가정을 살리는 휴먼 스피치 • 125
가정에서 피어나는 삶의 향기

행복도 연습하고 배워야 한다 | 사람이 보약이다 | 남편 새끼, 자식새끼 |
당신 변한 거 알지? | 물감 떨어뜨리기 | 내 마음도 있지 | 다름에 관하여 |
사람은 무엇으로 사는가 | 가족이라는 이름 | 결국엔 사랑입니다 |

파트포. 부부를 살리는 휴먼 스피치 • 167
남편들이 알아야할 부부의 기술

엄마는 아빠를 싫어해 | 부부는 행복해지고 싶다 |
말 한마디가 장미 100송이를 주는 것보다 낫다 |
공감하라 | 아내를 사랑해야 하는 이유 | 고독이 흡연보다 해롭다 |
최고의 아내, 최고의 남편 | 아내가 해 준 것이 가장 맛있다 |
난 세상에서 당신이 제일 좋아 | 또 매력 발산하네! | 미리 선수를 쳐라 |

나오며 | 기쁨의 사람 • 208

자신이 태어나기 전보다
세상을 조금이라도 살기 좋은 곳으로
만들어 놓고 떠나는 것
자신이 한 때 이곳에 살았음으로 해서
단 한 사람의 인생이라도 행복해지는 것
이것이 진정한 성공이다.

-미국의 사상가 랄프 왈도 에머슨의 시-

들어가며

당신만은 행복하라

'세상 모든 사람이 불행하다고 외쳐도 기필코 당신만은 행복하라.'

사람들은 저마다 행복을 이야기하고 행복하기를 원한다. 그렇지만 안타깝게도 모든 사람이 행복을 맛보는 것은 아니다. 어떤 이는 많은 것이 갖추어졌음에도 불행해 하고 우울해 하고, 또 어떤 이는 많은 것이 부족해도 행복을 맛본다. 우리는 행복은 마음에서 비롯된다고 말은 하지만 현실에 보이는 것들을 절대 무시하지는 않는다. 그러나 결국엔 '마음'이다.

문화와 산업이 고도로 발달하고, 대다수 사람들의 물질적 삶의 질이 성장하더라도 사람들은 고프다. 이제는 배가 고픈 시대가 아니고, 사람이 고픈 시대이다. 우리는 정말 소중한 존재이고 내 곁에 있는 사람들과 기필코 행복해야 하기에, 행복은 이미 선택이나 권리가 아니라 의무다. 그리고 행복은 주어지는 것이 아니고 내가 만들어 가는 것이다.

행복을 만들어 가는 방법에는 여러 가지가 있다.

그중에서 쉽지만 어렵고, 가장 힘이 있으면서 나와 남을 살리는 방법이 있다. 바로 말이다. 사람은 말을 한다. 말 한마디로 기분이 좋기도 하고 마음이 상하기도 한다. 말은 사람이 의사소통을 하고 관계를 맺게 하는 유용한 도구이다. 중요한 것은 그 도구를 움직이는 생각이다.

'향을 싼 종이에서는 향내 나고, 생선을 싼 종이에서는 비린내 난다.'

마음에 무엇을 담고 있느냐, 어떤 생각을 하고 있느냐 하는 마음가짐에 따라 말이 나온다. 생각에 따라 행동이 나오고, 말하는 것을 보면 그 사람의 됨됨이를 알 수 있다. 제아무리 달변가, 능변가라 할지라도 그 사람의 삶과 생각이 바르지 못하면 그 말에 힘이 없고 감동이 없다. 부정은 부정을 낳고, 긍정은 긍정을 낳는다.

'당신만은 행복하라'

지극히 이기적인 말 같지만 행복은 어쩌면 이기적인 것이다. 다시 말해 내가 행복해야 다른 이에게도 행복을 전할 수 있다.

〈유머스피치아카데미〉에 오시는 분들의 대부분은 말에 관한 필요성과 또는 대인관계에 어려움을 겪으시는 분들이다.

이 책은 삶이 재미없고 대인관계에 어려움을 느끼는 분들에게 작은 힌트를 제공한다.

당신만이라도 행복하기로 결심하고 여기에 쓰인 대로 한 번 시도해보라. 당신을 통해 사랑하는 어느 누군가가 웃을 것이다. 세상을 밝히는 행복의 통로가 바로 당신이기를 바란다.

그러면 이미 당신만이 행복한 것이 아니라, 당신으로 인해 행복한 것이다.

2011년 가을 양재규

먹는 게 남는 거다 마음을 먹자

사람을 살리는 휴먼 스피치

하나.

죽이는 말 vs 살리는 말

맞장구쳐주는 추임새처럼 사람을 살리는 말이 있다. 그런데 "흥, 어쭈" 같은 사람을 죽이는 말도 있다. 어떤 말을 해야 할까? 살리는 말이다. 우리는 서로 돌아보아 사랑의 씨앗을 뿌려야 한다. 그래서 그 사람으로 하여금 또 하나의 행복과 사랑이 어느 곳에서든 자라고 꽃 피울 수 있도록 바탕을 마련해 줘야 한다.

내 친구 '봉하'가 어느 날 대뜸 전화를 해놓고 이 얘기, 저 얘기를 하다가 "재규야, 난 네 목소리만 들으면 힘이 난다. 너는 힘을 주는 사람 같아."라고 하는 게 아닌가! 순간, 감동이 멋쩍은 큰 웃음으로 밀려왔다. 행복 강의를 하고 오는 길에 받은 그 전화 한 통에 세상을 다 얻은 것처럼 행복하고 부자가 된 듯했다.

그리고 '사람에게 행복을 주는 지금 하는 이 일이 맞는 일이구나.' 하며 더욱 확신을 가졌다.

무심코 던지는 말에 어떤 이는 상처를 받기도 한다. 무심코 하는 나의 행동에 어떤 이는 좌절하기도 한다. 우리는 서로 자신이 의식하든 의식하지 못하든 어느 누군가에게 영향을 끼치고 있는 것이다.

그렇기 때문에 우리는 잘살아야 한다. 잘산다는 말은 바르게 사는 것이고 나와 사람을 이롭게 하며 사는 것이다. 의식이 바르고 남에게 영향력을 끼치려면 우선 내가 영양가 있는 사람이 되어야 하지 않을까?

우리는 누구에게 불리어지는 이름 아닌 이름이 있다.

"아, 그 사람 참 착해."

"아, 그 사람 사기꾼이야."

다른 이들은 우리를 단 한 줄로 이야기한다. 그러면서 그들에게 영향력을 끼친다.

'잘 산다는 것.' 그것은 아마 살아가면서 우리가 꼭 실천해야 할 덕목인 듯하다. 누군가가 나를 보고 사랑을 얻고, 기쁨을 얻고, 때론 상처도 받을 테니까 말이다. 세상에 태어나서 단 한 사람의 삶이라도 사랑이 넘치고 풍요롭게 할 수 있다면 그것이 곧 잘사는 것이 아니고 또 무엇이겠는가!

　나는 누군가에게 "당신을 보면 힘이 불끈 솟고 행복해요."라는 말을 자주 듣고 싶다. 그리고 그렇게 잘살고 싶다. 아들 현서가 "아빠를 보면 힘이 난다."고 말할 수 있으면 좋겠다.
　어느 TV 광고를 보고 현서가 나를 보며 이렇게 말했다.
　"아빠는 나의 에너지♬♪"
　이 책을 쓴 이유도 여기에 있다.

누구나 서로에게 에너지가 되었으면 좋겠다.
서로가 서로를 살릴 수 있었으면 좋겠다.

둘.

지금이 바로, 환승할 때

아침에 출근할 때, 괜히 기분 좋아지는 말이 있다.

"환승입니다."

저녁에 퇴근할 때도 기분 좋아지는 말

"환승입니다."

전철이나 버스를 공짜로 탄 것 같은 느낌이 들기도 하고 그 말을 들을 때마다 기분이 새로워지는 건 왜일까?

환승의 의미는 '다른 노선이나 교통수단으로 갈아탐'이다.

나는 24살부터 11년간 제과점을 운영했다. 돈을 벌기 위해서 시작한 일이었고, 그때 당시 선택의 여지는 없었다. 물론 공부도 못했지만 연극영화과나 성악과에 가고 싶다는 대학의 꿈은 접어야 했다. 갚아야 할 빚도 있었고 가족이 살아야 했기 때문이다.

레크리에이션을 한다며 돌아다닌 적도 있었고, 그럭저럭 돈을 모았지만 사기 한 번 제대로 당하고 나니까 하나도 남는 게 없었다. 괴롭고 미칠 것 같은 나날이었다. 환승하고 싶었다. 하루하루가 절망이었고, 미래는 없을 것만 같았다.

영화 〈박하사탕〉처럼 과거로 돌아가고 싶었지만 혼실은 꾸역꾸역 앞으로 나아가라고 할 뿐이었다. '이곳이 끝일까?' 그래도 길이 있을 것 같았다. 나의 기도는 한 가지뿐이었다.

'길을 열어 주세요.'

버스를 잘못 타서 계속 차창만 보며 허둥대는 사람처럼 안타깝고 당황스러웠다. 내 나이 37세. 다시 주먹 불끈 주고 열심히 해보았지만 몸도 마음도 한계에 다다른 것 같았다.

생각했다. '무엇이 나를 살릴까?'

내가 일하면서 행복감을 느끼고 살아있다는 걸 느낄 만한 것이 무얼까? 그것은 어릴 적부터 내가 참 잘 하던 것. 웃고, 웃기고, 말하고, 즐기는 것. 나는 혼자 있을 때나 집에 있을 때는 조용하고, 외롭고, 쓸쓸했지만 밖에서는 그렇지 않았다. 주님은 내 기도를 들으시고 11년간 하던 가게를 접고 일순간에 길을 열어 주셨다.

'그래! 내가 정말 하고 싶고 잘 하는걸 하자!'

그래서 '환승'했다. 웃음 강사, 유머 강사로! 주위 사람들은 모두 환영해 주었고 이제 "네 일을 찾았구나." 하며 축복해 주었지만, 결혼도 했고 아이도 있고 부모님을 모시고 있던 상태에서 오래도록 익숙한 곳을 접고 새로운 일을 시작한다는 건 두려움이었다. 막막했지만 교회 생활과 유머강의를 시작하면서 내가 살고 가족이 살아나기 시작했다.

진정한 환승을 한 것이다. 고욤나무에 감나무의 접을 붙이듯 나의 삶은 전혀 새로운 삶으로 변했다. 진정한 기쁨이 내 안에 있었기 때문에 가능한 일이었다.

사람들은 목적지로 가기위해 차에 오른다. 우리는 목적지로 향할 때 버스에서 전철로, 전철에서 버스로 환승해야 한다면 미련 없이 그곳에서 내린다. 그렇듯 자신이 정한 목적지 또는 꼭 가야 하는 목적지로 가려면 미련 없이 환승해야 한다.

행복해지고 싶다면 그리고 당신의 삶이 풍요로워지고 싶다면, 또 한 걸음 더 나아가 사람을 살리는 사람이 되고 싶다면 지금까지의 삶에서 기쁨으로 환승하자. 나에게 환승은 새로운 도약이고 행복의 시작이었다. 지금은 우선 나와 가족의 얼굴에 웃음이 살아났다. 밤늦게까지 제과점을 보느라 무심했던 가족들의 얼굴을 오래 볼 수 있고, 이야기도 할 수 있다.

작년에는 오랜 꿈을 이루었다. 세종대 성악과에 편입을 한 것이다. 이제 4학년, 교정을 거닐며 또한 감사한다. 나는 전혀 다른 인생으로 환승해서 행복하다. 직업을 바꾸어서가 아니라 기쁨과 행복감을 느낀다는 것에 감사하고 행복하다.

이제 나는 삶이 힘들고 웃음이 사라져서 삶이 재미없는 사람들의 환승을 도우려 한다. 진정한 환승은 자신의 삶을 긍정적으로 좋게 바라보는 태도로의 환승이다.

잘 될 것이다! 우리는 각자가 참 소중한 존재이다. 자신의 삶을, 자신의 기분을, 자신의 미래를 다른 이의 손에서 걷어 오자.

행복하기로 결심하라! 사람을 살리기로 결심하라!

"환승입니다."

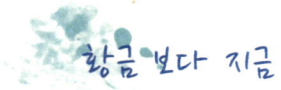

황금 보다 지금

달구 네 학교에서 가정 형편 조사를 하고 있었다.

일주일에 한 번 외식 하는 친구는 손 들어봐요?
알았어요. 손 내리고.
그럼 한 달에 한 번 하는 친구 손들어 봐요?
알았어요.
그런데 달구는 손도 들지 않고 실실 웃고 있는 것이었다.
양달구? 너는 왜, 손 안 들어?
너희 집은 매일 외식 하니?

아뇨. 1년에 한 번 하는데요!
그런데 뭐가 좋아서, 그렇게 웃고 있어?

오늘이 바로 그 날 이거든요!.

황금보다 소중한 것이 바로 지금이다.

하나님은 인간에게 현재를 선물로 주셨다.

과거는 가고 싶어도 갈 수 없지만,

현재와 미래는 우리의 마음먹음 으로 지배 할 수 있다.

또한 나의 생각과 선택과 행동에 자리를 내어 준다.

수박을 따기 가장 좋을 때는 언제일까?

주인 없을 때다.

산에서 산삼을 보았다면 가장 캐기 좋을 때는 언제 일까?

바로 지금이다.

당신이 결심하고 일어설 때는 바로 지금이다.

지금 웃는 당신이 우리의 미래에 힘이고 희망이다.

셋.

접붙이기

　어릴 적 우리 집은 전북 이리(지금은 익산)에서 감나무 과수
원을 했다. 어릴 적 감이 열릴 때면 정말 감을 엄청 먹었던 기억
이 난다. 그런데 손도 닿지 않는 나무 꼭대기에 있는 가장 맛있
는 감은 누가 먹을까? 그건 바로 "까치, 까치, 설~날~은🎵♪"
바로 까치다.

　까치가 감을 먹고 뱉은 씨는 이 산, 저 산에 흩어져 어떤 것은
말라 죽고 또 어떤 것은 시간이 지나면 싹이 난 후 나무가 되고
열매가 열린다.

　그 나무엔 우리가 알고 보던 감이 열리는 게 아니고 '고욤'이
라 불리는 보기엔 감 같지만 작고, 맛도 텁텁한 열매가 열린다.

일명 '고욤나무'이다. 어떤 사람들은 '돌감나무'라고 하는데 의견이 분분하다.

그 고욤나무 자체로는 10년이 가도 20년이 가도 그냥 고욤나무일 뿐이지만, 기존의 감나무와 '접붙이기'를 하면 더욱 튼실한 감이 열린다. 그 접을 붙인 부분이 다음 해가 되면 흔적도 없이 사라지고 원래 나무의 가지인 것처럼 되기 때문에 접을 붙이면 한마디로 흔적은 '감쪽같이' 사라진다.

과수원에서 고욤나무에 접을 붙이는 건 손이 많이 가고 큰일이다. 그래도 접붙이기를 잘 해야 더 좋은 감을 얻을 수 있으니 꼭 해야 한다.

'접붙이기'

우리의 살아가는 일상이 텁텁하고 쓸모없는 고욤나무와 같은 삶이라면 그곳에 '기쁨, 재미, 여유, 웃음, 유머'를 접붙여 보면 어떨까? 그러면 머지않아 우리의 삶에 기쁨의 열매가 열릴 것이다. 중요한 것은 '내가 어디에 붙어 있느냐'는 것이다.

수적석천(水滴石穿)이라는 말이 있다. '한 방울씩 물방울이 떨어지다 보면 바위를 뚫는다.'는 말이다. 지금은 안 되는 것 같아도 붙어있음을 반복하다 보면 분명히 그날은 온다.

행복은 도전이고 선택이다.
기쁨의 접붙이기. 지금부터 시작이다!

하늘에 별이 없으면

하늘에 별이 없으면 어떻게 되나.............별 볼 일 없다.
하늘에 해가 없으면 어떻게 되나.................못 말린다.
하늘에 달이 없으면 어떻게 되나....................날 샌다.

하늘에 별, 해, 달이 없으면 별 볼 일 없고, 못 말리고, 날 샌다. 우리가 하는 일에도 인내와 노력과 기술이 없으면 그 일에서는 날이 새는 것이다. 지금 능력이나 기술이 없어도 넘어서려는 마음가짐과 끈기가 있으면 우리 인생에 해 뜨고, 별 볼 일 있는 멋진 삶이 펼쳐질 것이다.

마찬가지로 우리가 살아가는 삶에 웃음과 유머가 없으면 그게 바로 별 볼 일 없고 날 새는 일이다. 행복하기로 마음을 먹자. 행복은 선택이고 결심하는 것이다. 우리 삶에 해 뜨고, 별 뜨고, 달이 있는 멋진 날을 꿈꾸며 지금 힘들어도 웃음으로 일어서자.

행복은 행복하기로 결심하고 연습하는 사람의 것이다.

Bravo your life!

넷.

나는 인생에 걸리는 것이 없다

　나는 키가 남자로서는 조금 저렴하다. 그러나 나는 "난 키가 작아요."라고 말하지 않는다. 사실 그 기준이 없기 때문이라고 하면 억지일까?

　고3때 11번 했던 것을 빼면 중고등학교 때 1번과 2번을 번갈아 가면서 했다. 그렇다면 '고3때는 왜 11번일까?' 의아해 하시는 분들도 있을 것 같아 굳이 설명을 하자면, 고3때는 1번부터 10번까지는 성적순이었고 11번부터는 키 순서였다. 이렇게 말하면 거반 웃으신다.

　바지를 살 때마다 스트레스를 받았고 부모님 원망도 많이 했다. 집도 가난하고, 대학교도 못가고, 키도 작다고 그렇게 불평하며 지냈다. 되는 일도 없었다. 원망하고 불평하는 마음 밭에 희망과 감사는 싹트지 않았다.

이어령 박사의 〈디지로그〉라는 책을 보면 한국 사람들은 쓰지 말아야 되는데 아주 많이 쓰는 말이 있다고 했다.

　　……………죽겠다.
　　배고파　　죽겠다.
　　먹고 싶어 죽겠다.
　　보고 싶어 죽겠다.
　　좋아　　　죽겠다.
　　싫어　　　죽겠다.

그러고 보니 희한하다. 좋아도 죽겠고, 싫어도 죽겠고. 이 "죽겠네."라는 말을 할 때 놀라운 사실은 그 말이 우리 자신을 죽이고 나의 미래까지도 영향을 끼친다는 것이다.

그런데 어느 나라에도 없는 뉘앙스를 가진 참 좋은 우리 말이 있는데 그것이 바로 "먹는다."이다. "욕을 먹는다, 나이를 먹는다, 엄마! 나 챔피언 먹었어! 친구 먹자." 그중에 가장 중요한 말은 바로 "마음을 먹는다."이다. 우스갯소리로 들릴지 모르지만 먹는 게 남는 거다. 이 말에 우리의 희망이 있다.

에모토마사루의 〈물은 답을 알고 있다〉를 보면 "사랑해, 고마워."라는 말을 하거나 글씨를 보여준 물은 정확한 육각형의 결정체가 나타났는데 "죽여 버릴 거야", "미워."라고 말한 물은 그 형태가 흐트러져 버린다고 쓰여 있다. 말에 사람의 몸과 정신까지도 지배하는 그 만큼의 힘이 있는 것이다.

나는 나의 삶을 바꾸고 싶었고, 그러던 어느 날 생각을 바꿔 먹었다. '내가 작은 것이 아니라 남이 크다.'라고. 웃자고 하는 말이지만 이후로는 이해가 안가는 문구가 생겼다.

머. 리. 조. 심

'머리조심'이라고 쓰인 곳에서 한 번도 내 머리가 닿은 적이 없다. 심지어 아들 현서를 목마를 태우고 방과 방 사이를 마구 뛰어다녀도 절대 현서의 머리가 문 위에 닿지 않는다. '아, 나는 정말 키가 작구나.'라고 생각하고 좌절해 버릴 수도 있지만 나는 마음을 먹은 이상 그렇게 생각하지 않았다. 생각을 바꾸고 마음을 다르게 먹었다.

'나는 머리조심이라고 쓰인 곳에 절대 닿지 않아! 그러니 나는 인생에 걸리는 게 없어!'

행복해지기로 마음먹었다면 남들이 단점이라고 생각하는 것까지도 긍정으로 바꾸어 미래의 나의 삶에 영향을 주어야 한다.

우리는 말을 통해 표현하고 감정을 교류하기도 하지만 나도 살리고 다른 이들도 살릴 수 있다. 말은 에너지이고 이것은 공기의 흐름과 물의 흐름처럼 나와 내 주위로 흐르며 영향을 끼친다.

한마디를 하더라도 사랑이 느껴지고 희망이 샘솟는 말을 서로 주고받으면, 그리고 그 말 안에 삶을 맛깔스럽게 요리하는 유머가 녹아들어 있다면

더 많이 행복한 사람들이
웃음으로 넉넉히 살 수 있을 것이라 생각한다.

다섯.

당신은 무엇에 물들었습니까?

얼마 전 〈색, 계〉라는 영화가 돌풍을 일으켰다. 아내와 나는 약간 음탕(?)한 마음을 품고 기대에 차서 보고난 이틀 후, 신문을 뒤적이다가 이 영화에 대한 기사를 보았다.

'물듦과 알아챔의 영화다.'

대단한 내공을 가진 평이었다.

'물듦과 알아챔'

우리는 살아가면서 물이 든다. 삶에 찌들어서 분즈한 생활로 물들고, 변하지 않을 것들에 대한 괴로움으로 물들고, 받지 않아도 될 스트레스에 물들고, 불평하는 말에 물들고, 자식 걱정

에 물들고, 물들고, 물든다. 우린 이런 상황에 물듦을 끊임없이
경계하고 알아차려야 하지 않을까?

'연꽃은 진흙탕에서 자라지만 절대 진흙에 물들지 않는다.'
　나는 언제, 어디에서 무엇에 물들고 있는가? 끊임없이 우리
를 행복으로부터 멀어지게 하는 것에 물드는 것을 알아차리고
나의 행복을 나에게서 앗아가는 것들을 끊어 버리고 다시 웃고,
웃고 또 감사하자.

　기쁨과 감사함으로
　내 몸을 늘 감싸고 온 가슴을 사랑으로 물들게 하자.

여섯.

기쁨의 근육을 기르는 방법

 여러분 모두가 기쁨의 근육을 길러서 슬플 때나 스트레스를 받을 때, 그리고 낙심했을 때 다시 일어설 수 있기를 바랍니다. 기쁘게 살기를 열망하는 것은 경박한 일이 아닙니다. 노력과 집중력이 필요한 일이며 바로 여러분 자신을 아는 일입니다. 행복한 마음을 갖고 싶다는 바람이 그 시작입니다. 그렇게 소망하기만 하면 됩니다.

－골디혼의 연설中－

 오래전에 쓰던 수첩을 뒤적이다가 2002년 아메리카대학 졸업식에서 영화배우이자 연극배우인 골디혼(Goldie Hawn)의 연설

중 일부를 옮겨 놓은 걸 보았다.

우리는 운동을 하지 않다가 갑자기 운동을 하면 근육이 놀라 뭉치고 다음날 계단을 내려가기라도 하려면 여간 아픈 게 아니다. 그 느낌은 아마 모두 경험을 했으리라 생각한다.

이때 다리 근육이 아프지 않게 하는 확실한 두 가지 방법이 있다. 첫째, 다시는 운동을 하지 않는 것이고 둘째, 매일 조금씩 조금씩 운동을 계속 하는 것이다. 운동을 하면 지방이 빠지면서 어느 때부터인가 근육이 생긴다. 일단 근육이 몸에 붙으면 어떠한 운동을 해도 아프기는커녕 운동 후 개운함을 느끼기까지 한다.

마찬가지라고 생각한다. 연극과 영화판에서 구르고 굴러, 나이 육십을 바라보는 골디혼이 이제 사회에 첫 발을 내딛는 새내기들에게 많은 말 중 왜 하필 "기쁨의 근육을 기르라."고 힘주어 이야기했을까?

'살아 보았더니'가 정답이다. 살아 보았더니 기쁨의 근육이 얼마나 중요한지 알았던 것이다. 기쁘게 살고 행복을 바라며 사는 것이 얼마나 우리 삶에 커다란 유익을 주는지 말해 주고 싶었던 것이다.

이 세상에 만사형통한 사람은 없다. 우리들은 살아가면서 태풍 같은 시련도 당하고 쓰라린 아픔도 겪는다. 그럴 때마다 웃음을 찾고 여유를 찾고 기쁨을 유지한다는 건 힘든 일일 것이다. 살다보면 힘들 때도 있고 포기하고 싶을 때도 있을 것이다. 그럼에도 불구하고 그때에도 기쁨과 웃음을 잃지 않기 위해서 매일 운동을 하듯 기쁨의 근육을 기르는 운동을 해야 한다.

무엇을 얻기 위해서는 대가를 치러야 한다. 기쁨의 근육을 기르는 데는 매일 매일 행복한 대가를 치러야 한다. 바로 지금 웃고, 바로 옆에 사랑하는 아내와 아이들을 살리는 유머 넘치는 한 마디를 건네는 기쁨의 일을 반복해야 한다.

그것이 바로 기쁨의 근육을 기르는 것이고,
운동이며 사랑이다.

기쁜 소식, 나쁜 소식

여보! 여보!
기쁜 소식 하고 나쁜 소식이 있는데 어떤 것부터 말 해 줄까?
기쁜 소식!!
어, 한번에 1억5천만 원이 생겼어!
와, 정말?
그럼, 나쁜 소식은? 뭔데??!?

어~ 그거 퇴직금이야~~ 오늘 짤렸어!!!

권고사직을 당해서 이제부터 할일이 없는 게 아니라
한 번에 목돈이 생겨서 기분이 좋다고 생각 하는 건
어차피 일어난 일에 대한 아주 수준 있는 긍정적인 생각이다.
  상황은 변하지 않지만 어떻게 해석 하느냐에 따라 살아가는 나
의 태도는 전혀 달라진다. '행복은 태도' 다.
  똑같은 환경을 바라보는 저 마다의 시선.
  그 시선이 바로 당신의 인생이다.

일곱.

손가락 하나의 비밀

내가 다니는 세종대에서 건국대 쪽으로 가는 길에 언젠가부터 타로점집이 즐비하게 들어섰다. 그중에 유난히 눈에 들어오는 플래카드가 있다.

'당신의 운명을 알면 선택할 수 있습니다.'

나는 이 말에 동의하지 않고 이렇게 바꾸고 싶다.

'당신이 선택하면 바꿀 수 있습니다.'

우리는 자기 신세를 한탄하며 말한다. 그리고 다른 사람에게도 말한다. "팔자려니 하세요!" 그런데 과연 팔자라는 게 있는가? 이 물음과 관련하여 리이위(李一宇)가 쓴 〈세치 혀가 백만 군사보다 강하다〉라는 책에 재미있는 이야기가 있다.

옛날에 아주 영험한 도사가 있었다. 많은 사람들이 점을 보기 위해 몰려들었는데, 어느 날 과거 시험을 보러 가는 수재 세 명이 찾아 왔다. 그들은 누가 과거에 합격될지 알고 싶어 도사에게 뜻을 밝힌 후에 향을 피우고 절을 올렸다. 도사는 눈을 지그시 감더니 그들에게 손가락 하나를 내밀고는 아무 말도 하지 않았다. 잠시 후, 도사는 먼지떨이를 흔들면서 이렇게 말했다.

"가보세요. 그때 가면 자연히 알게 될 거요. 이것은 천기라서 누설할 수 없습니다."

세 명의 수재는 궁금했으나 그대로 돌아갈 수밖에 없었다. 수재가 돌아간 후에 시종이 호기심에 차서 물으니 도사는 손가락 하나에 답이 있노라고 했다. 시종이 다시 물었다.

"그럼, 스승님께서 손가락 하나를 내민 것은 무슨 뜻입니까? 한 명이 합격된단 말입니까?"

"그렇다."

"그들 가운데 둘이 합격되면요?"

"그럼, 하나가 합격되지 못한다는 뜻이다."

"그들 셋이 모두 합격되면요?"

"그때는 하나도 빠짐없이 모두 합격된다는 뜻이다."

시종은 그때서야 깨닫고 이렇게 말했다.

"이것이 바로 천기였군요."

그렇다. 이것이 천기다. 모든 건 자기가 마음먹은 대로 해석하고 반응할 수 있다는 이야기다.

사람들은 행복과 불행을 자신이 아닌 외부환경에서 찾는다. '이것만 있으면, 저것만 이루어지면.' 그러나 내 마음 대로 외부환경이 금방 바뀌던가 말이다. 외부환경이 지금 바로 바뀌지 않는다면 내 마음을 바꾸면 되지 않을까? 이건 발상의 전환이라기보다 삶의 지혜요, 진정한 '천기누설'이다.

잡초가 무성한 길도 사람이 계속 다니다 보면 길이 나듯, 또 콩나물시루에 물을 부으면 물이 밑으로 다 빠지지만 콩나물은 쑥쑥 자라는 것처럼 한 가지 생각과 행동을 계속 반복하다 보면 우리 뇌에는 그 길이 생겨난다. '인생은 마음먹기에 달려 있다.'는 것을 알고, 말도 하면서 우린 종종 마음먹는 걸 포기하고 환경에 나를 내어 맡겨 버린다.

사람은 스스로 그려 놓은 자아 이미지 대로 살아간다. "나는 행복하다."고 지금 말해 보자. 그리고 씨—익 웃어 보자. 행복과 불행을 결정하는 것은 우리의 마음가짐과 인생을 바라보는 태도이다. 지금 그 모습을 우리의 자아 이미지로 만들어 보자. 그러면 우리가 손대는 일마다 안되는 것이 기적일 것이다.

'팔자'가 있다면 그건 바로 우리가 인생을 바라보는 태도와 마음가짐이다.

생각이 곧 자신이다.

여덟.

행복한 사람이 될 것을
선택하겠다

나는 매일 매일을 웃음으로 맞이할 것이다.
나는 내가 맞이하는 사람마다 미소로 맞이할 것이다.
나는 감사하는 마음의 소유자다.
오늘 나는 행복한 사람이 될 것을 선택하겠다 .

안네프랑크 〈 안네의 일기 〉中

'행복한 사람이 될 것을 선택하겠다.'라는 글은 나에게 신선
한 충격이었다. 그 엄혹한 현실에서 누구나 절망했고, 아파했을

텐데 웃음과 미소로 감사하겠다니. 그리고 '행복을 선택한다.' 는 말. 크리스천으로서 나는 "범사에 감사하라."는 말은 알면서도 실천하기가 쉽지 않았다. 사실 사람이 살면서 모든 일에 감사한다는 게 어디 쉬운 일인가 말이다. 그런데 요즘 유난히 많이 느끼는 건 '말'에 대한 중요성이다. 내 말이 나의 삶을 주장하고 그렇게 이끌어 간다면 억지로라도 신념에 찬 말 한마디를 함이 어떠한가!

"나는 행복을 선택한다."

"나는 성공을 선택한다."

이렇게 외쳐 보는 건 어떤가!

짜장과 짬뽕을 선택하고, 학교를 선택하고, 배우자를 선택하고…. 우리는 끊임없이 선택하고 선택한다. 그 선택이 우리의 몫이라면 마음껏 선택의 특권을 누려 봄이 어떨까?

우리는 외부에서 자극이 오면 바로 반응을 한다. 자극이 올 때 반응을 하는 건 지극히 단순한 형태다. 누군가 자신에게 화를 내면 같이 화를 내고, 짜증이 밀려올 때 바로 반응하여 짜증낸다면 어느 사람과 다르겠는가?

이제 우리는 '자극'과 '반응' 사이에 하나의 공간을 더 만들어야 한다. 그리고 힘들겠지만 연습해야 한다. 자극이 오면 일단 멈추고(생각과 반응을), 생각하고(어떻게 해야 나와 서로에게 이로울지를), 그 다음에 선택해야 한다. 심호흡을 하고 자기 자신을 외부의 불필요한 환경에 매몰되게 해서는 안 된다. 우리는 각자의 삶을 살지만 서로 어우러지며 선택을 반복한다. 나와 서로의 인생이 꽃처럼 환하게 필 수 있는 선택을 하면 참 좋겠다.

 산삼을 발견했을 때 언제 캐는 것이 가장 좋은 때인지 아는가? 바로 지금이다.

바로 지금부터 행복을 선택하는
당신이 되어야 한다.

생각했으면 행동하라

한 남자가 매일 기도했다.
"제발....로또에 당첨 되게 해 주세요!!"
매일 정성으로 기도 했으나 하늘에서 응답이 없었다.
1년이 되는 어느 날 참다못한 하나님의 응답이 있었다.

"로또를 사 놓고 애기를 해야지~~~~~~!"

무언가를 꾸준히 하다 보면 결과가 있게 마련이다.
영어를 잘 하는 방법은 꾸준하게 반복 하는 것이다.

그러나 생각만으로는 아무것도 이룰 수 없다.
'선택과 집중' 이라는 말이 한 때 유행 이었다.
생각에서 한 걸음 더 나간 선택과집중은 행동의 변화를 가져오고,
결국 결실을 가져다준다.
계획만 세우지 말고 행동 하라. 지금 끝도 없이 생각만 하고 있다면 행동하라.
한 발을 내딛는다는 건 생각의 완성이자 열매의 시작이다.

아홉.

먼저 해서 남 주자

얼마 전 아침 일찍 근로복지공단 안양 지사에서 강의가 있어 빗길을 달려갔다. 나를 맞이한 담당 대리님, 지사장님, 부장님과 악수를 하고 강의 전에 이야기를 나눈 모든 분들의 싱글벙글 웃으시는 모습에서 나의 얼굴에도 미소가 번졌다. 강의도 재미있게 잘 끝내고 엘리베이터에서 배웅해 주신 두 분이 하신 말씀.

"정말 이상해요. 우리 지사 분들이 평소에 잘 안 웃으시는데 오늘 강의 때 정말 잘 웃네요."

나는 그 이유를 알 것 같았다. 나를 맞이한 분들이 먼저 웃어 주셨고 그 웃음을 내가 받아 전했기 때문이다. 사람은 웃고 있는 사람을 보면 웃게 된다. 그래서 먼저 웃는 것이 참 중요하다. 또한 웃음을 주는 것은 사람을 살리는 첫 걸음이다. 살다보면 기가 막혀서 웃는 일은 많이 있지만 재밌고 행복해서 웃음이 나오는 일은 그리 많지 않다. 더군다나 요즘처럼 힘들 때는 더욱 그러하다.

'실마리'라는 말이 있다. 어떤 사건이나 문제를 해결하는 단서라는 말이다. 실타래가 엉키어서 잘 풀어지지 않을 때 어느 한 가닥만 잡고 쭈ー욱 뽑으면 엉킨 실타래에서 실이 스서히 풀리는 바로 그 끝 또는 시작을 말한다.

지금 힘들고 어렵다면 웃음이 실마리다. 한 번 웃는다고 모든 일들이 쉬이 풀리지는 않지만 한 번 웃고, 두 번 웃으면 엉키어 불편한 내 마음에 변화가 생기기 시작한다.

나비 한 마리의 날개 짓이 허리케인을 일으킨다는 '나비효과'라는 말이 있다. 지금은 보잘것없는 작은 행동과 습관이지만 나중엔 그 작은 행동이 크게 영향을 미칠 것이다. 내가 한번 웃는다고 뭐 큰일이 일어나겠나 하겠지만 한 번 더 웃는 것은 나와 내 주위에 사랑하는 사람을 행복하게 하고 사람을 살리는 중요한 도구이다.

강의가 끝나고 담당 대리님이 강사료 봉투를 내미시는데 봉투에 예쁜 그림과 글이 적혀있었다.

"사알짝 미치면 인생이 즐겁다'."

또 예전 어느 광고 카피가 생각난다.

"왜 그런지 나는 몰라~ 웃는 여잔 다~ 예뻐"

그렇다. 바보처럼 보여도 그렇게 한 번 웃으면 예뻐 보인다. 남자들에게 좋아하는 여성상을 물어보았더니 1위가 '나를 보고 웃어주는 여자.'였다는 것만 봐도 틀린 말이 아닌 것 같다. 웃는 모습을 보면 호감이 생기고 마음이 열린다.

지금 곁에 누군가 있다면 사랑스런 눈빛으로
한 번 먼저 웃어 주자.

열.

잡초 뽑기

　화단에 삐죽이 자라난 잡초를 뽑아본 경험은 한 번쯤 있을 것이다. 밭일을 할 때도, 논일을 할 때도 잡초를 솎아내는 건 참 중요한 일이다. 왜냐하면 이름 그대로인 잡초, 아무 쓰일 데도 없는 풀 때문에 정작 잘 자라야 할 작물에 피해가 가기 때문이다. 그런데 잡초는 심지도 않는데 어디서 왔는지 뽑고 또 뽑아도 계속 자라난다.

　마찬가지로 우리의 마음에도 내가 심지도 않은 우울이나 걱정처럼 나에게 유익이 되지 않는 무엇이 늘 자라난다. 잡초를 뽑을 때 부드러운 땅의 풀은 뿌리까지 툴툴 잘 뽑히지만, 땅이 단단하고 척박하면 줄기만 끊어질 뿐 뿌리 채 잘 뽑히지 않는다. 그래서 그 쓸모없는 쓴 뿌리를 뽑아내기 위해서는 내 마음의 밭이 부드러워야 한다.

농부는 밭에 씨를 뿌리기 위해서 땅을 기경한다. 영양분이 골고루 가기 위함도 있지만 평평한 땅에는 작물의 뿌리가 내리기 힘들기 때문이고 씨가 땅속에 잘 묻혀 건강한 싹이 자라게 하기 위함이다.

땅에 영양이 많고 부드러워야 좋은 작물을 수확하고 부드러운 땅에서는 잡초가 잘 뽑히듯, 늘 우리의 마음 밭을 가꾸어 옥토로 만들어서 기쁨과 즐거움, 그리고 긍정의 땅이 되게 해야 한다.

내 마음 밭을 옥토로 만드는 것이
다른 이들을 살리기 이전에 첫째 내가 사는 길이다.

열하나.

사람 그리고 세상

사람이 세상에서 살아가는 모습을 보면 천태만상(千態萬象)이다. 남에게 피해를 주면서까지 가족이나 자신만을 위하는 사람, 혼자 사는 것처럼 자기만을 생각하는 사람, 자신은 돌보지 않고 남에게 헌신적인 사람.

나는 사람이 이 세상에 태어난 것은 분명한 이유와 감당할 몫이 있다고 생각한다. 그걸 감당하기 위해 자신을 알고, 지식을 쌓고, 목표를 정하고, 힘들어도 매진하는 것이 아닐까? 또 그 삶의 목표와 의미를 찾으면 모든 즐겁고 희망이 있다.

역사를 보면 이 세상을 여러 사람이 움직이지 않았다. 한 사람 한 사람이 필요했고, 그 한 사람이 많은 이들을 변화시키며 면면히 이어져 온 것이다. 언제나 시대는 그 한 사람을 필요로 한다. 집을 지을 때 청사진이 필요하듯 사람을 길러낼 때도 그에 걸맞는 계획과 시대정신이 필요하다. 한참 뛰어 놀아야 할 아이들이 학원으로 내몰리고, 웃음을 잃어가고, 경쟁심만 부추기는 어른들로 인해 마음이 심히 병들어가고 있다.

미국의 학교 교육이념이나 목표는 우리가 한 번쯤 새겨 볼만하다. '편안하게 사는 아이, 건실하고 건강한 아이'. 우리는 무엇을 위해 공부하는지 아이들 스스로 깨닫게 해줘야 할 필요가 있다.

예전엔 90% 이상 가정에서 교육이 이루어졌다면 지금은 가정 30%, 사회 70% 정도로 사회의 비중이 커지고 대중매체, 인터넷 등 보고 듣는 것이 많아졌다.

상대방에 대한 배려가 높을수록 선진국이라는 말이 있다. 선진국은 경제력만을 의미하진 않는다. 사람은 생각하며 자라고, 생각을 먹으며 성장한다. 결국 우리 한 사람 한사람의 생각과 행동이 또 어떤 한 사람을 키우는 것이다.

그렇다면 사람을 변화시키는 방법은 무엇일까? 바로 '감동'이다. 한 사람을 키우기 위해 우리는 끊임없이 감격하며 감동을 주어야 한다. 단순한 말 한마디가 우리의 폐부를 휘젓듯 감동은 단순할 때 온다. 또한 거짓이 없는 웃음은 깊은 감동이 되어 나와 가족과 세상을 변화시키며, 나아가 한 사람을 긍정적이고 여유로운 생각을 가진 사람으로 키워낼 수 있다. 그 여유 위에 지식을 쌓으면 진정 자신과 다른 사람을 성공시키며 감동을 주고 행복으로 물들이는 제대로 된 한 사람으로 성장할 수 있을 것이다.

이렇게 서로를 공감하며 모두 행복함으로 넉넉히 이 험한 세상에서 밝게 웃으며 살아가도록 하는 것이 나의 사명이라 생각하며 오늘도 행복에 겨워 강단에 선다. 바로 지금 웃는 이 웃음이 한 사람을 키워내는 시대정신이다.

바로 지금 나의 가족에게 미소를 지어주자.
웃는 당신이 희망이다.

하나님 100점, 영구 0점

영구는 시험을 앞두고 공부는 하지 않고 기도만 했다.

"하나님! 하나님은 모든 걸 할 수 있으시지요.

이번 시험에 100점 맞게 해 주세요!"

드디어 시험 날, 시험지를 받았지만 역시 아는 것이 없어서 답안지에 이렇게 썼다.

"하나님께서는 이 모든 답을 알고 계십니다."

얼마 후 성적이 나왔다.

'하나님 100점, 영구 0점'

기도와 함께 따라야 할 것은 행동이다.

물론 하나님은 우리가 하는 생각, 행동, 노력 그 이상으로 주시기 때문에 우리는 거저 받는 것이나 마찬가지이지만, 내가 해야 할 몫이 있다.

결혼시켜 달라고 기도 하면서, 사람을 찾아야 한다.

취직시켜 달라고 기도 하면서, 공부하고 여기저기 원서를 넣어야 한다.

내가 무엇이 되고 싶다면 꿈을 꾸자. 그 꾼 꿈을 놓고 생각하고 행동하면서 기도하며 바라보아야 한다.

역사는 하나님의 도우심에 힘입어 누군가의 생각과 누군가의 행동과 누군가의 기도로 이루어진 '흔적'들이다.

열둘.

변하는 건 마음

    나는 열정을 쏟아 강의를 마쳤을 때 가장 기분이 좋다. 이렇게 내가 행복한 일을 하면서도 다른 사람을 즐겁게 해주고 수고했다고 강사료도 받고, 세상에 이런 행복한 직업이 또 있을까?

    하지만 어떤 일이든 애로사항은 있기 마련이고 힘든 일이 없을 수 없다. 즐거움과 행복의 바이러스를 웃음과 유머를 통하여 퍼뜨리려면 기쁨의 감정을 유지하고 가꾸는 것이 중요하다. 물론 매일 그런 감정을 유지하는 것이 쉬운 일은 아니다. 때문에 내가 유머강의를 시작하면서 반복하며 단련하던 것이 있었는데 그건 다름 아닌 '하루에 한 가지씩 정해놓고 웃기.'였다.

    예를 들어 컴퓨터를 켜고 바탕화면이 나오기 전까지 웃고, 자동차 시동 걸 때 웃고, 양치질할 때마다 웃고, 운전할 때 빨간불을 만나면 웃는 것이다. 꼭 미친 사람 같았지만 어떠한 상황에서도 사람의 생각과 감정 상태를 순식간에 긍정의 상태로 바꾸어 주는 것이 '웃음'이라는 걸 알고 있던 나는 직접경험도 할 겸꼭 해야 할 행동이었다.

얼마 전 집 근처인 곳으로 강의를 하러 가는 중 내 앞길을 막는 빨간불을 만날 때마다 웃었다. 강의장에 도착할 때까지 9개의 빨간불을 만났는데 8번째 빨간불까지는 '어! 빨간불이네.' 하면서 혼자 차안에서 웃을 때마다 앞, 뒤, 옆 차에 있는 사람들이의식되었고, '이게 뭔 짓인가' 싶어, 솔직히 억지로 웃었다.

그런데 놀라운 건 9번째 빨간불을 보고 웃으려는데 평소에 빨간불을 볼 때 '에이, 또 빨간불이야.' 하면서 느꼈던 짜증스러운감정이 들지 않았다. 마음의 상태가 변했고 그 환경을 바라보는내 눈이 바뀐 것이다.

3년 전에 서해안 고속도로를 타고 안면도로 피서를 갈 때도 거의 주차장이 되어 버린 차 안에서 가족들의 짜증과 푸념을 뒤로하고 그냥 큰 소리로 웃었다. 그랬더니 답답한 마음이 사라지고순간 여유로움이 생기면서 가족들도 함께 웃으며 지르했던 여행이 즐거움으로 변해 갔다.

"빨간불이네!" 하면서 웃는다고 빨간불이 금방 파란불로 바뀌거나 꼭 막힌 길에서 큰소리로 온 가족이 웃는다고 금방 길이 뻥

뚫리진 않는다. 그런데 변하는 것이 있다. 그것은 바로 '마음의 상태'이다. 그 환경을 바라보는 내 눈이 바뀌고, 시선이 바뀐 것이다. 생각이 긍정으로 바뀌면서 뇌에 산소가 공급되어 상쾌해지며 여유로움이 생기는 것이다.

　짜증을 낸다고, 웃는다고, 화낸다고, 운다고 세상은 변하지 않는다. 내가 생각하고 말한 대로 세상이 보이고 되어 간다. 내 마음이 바뀌고 행동이 바뀌면 모든 것이 달라 보인다. 웃음은 그런 마음의 상태를 긍정으로 유지시켜 주는데 아주 간단하면서도 훌륭한 도구이다.

　내 아들 현서에게 "아빠는 어떤 사람이야?" 하고 물어보면 "웃는 사람."이라고 말한다. 이제 가정에서나 직장에서 나를 살리고 사람을 살리는 '웃음'과 '유머'를 연습해야 한다.

웃으면 웃을 일이 생긴다.
그리고 웃으면 상황을 좋게 해석하는 능력이 생긴다.
좋게 보는 능력이 최고의 능력이다.

열셋.

전세방

전세로 처음 이사하고 내가 운영하는 카페에 사흘 정도 뒤에 쓴 글이다.

2008년 11월 10일

아침 일찍부터 이삿짐센터에서 와 짐을 싸고 아내와 저는 몇 개 안되는 통장을 가지고 은행에서 돈을 찾아 부동산으로 향했습니다.

'9000만원 전세.'

1988년 10월, 서울에 온 지 20년 만에 살아보는 전셋집.

어머니는 저를 안고 "수고했다." 하시며 눈가에 눈물이 맺히셨습니다. 저는 아내의 어깨를 감싸며 괜히 고맙고 미안했습니다.

우리 가족에게 더 없이 기쁜 전셋집으로 이사 가는 날입니다. 방 세 칸, 넓은 거실(?), 무엇보다 집이 네모반듯해서 좋습니다. 아들 현서는 이리저리 뛰며 "진짜 넓다."를 연발합니다.

우리 가족은 우리 집이 생긴 것처럼 행복합니다. 어머니는 꼬박 24시간 도배하시고, 저는 들어오는 벽면에 페인트 칠(지금도 어깨가 뻐근하네요.), 아내는 이틀 반 동안 쓸고 닦고, 아버지는 3층까지 오는 계단에 수북이 쌓인 먼지 닦고 기분 좋다고 술 드시고. 오늘은 제가 잘 가지 않는 찜질방에 갔다가 지금은 모두들 피곤해서 쿨쿨 잡니다.

제가 어릴 적부터 우리 집엔 빚이 많았습니다. 어느 정도 일어설 만하면 또 빚더미에 힘든 시간들의 연속이었습니다. 월세로 번 돈만 해도 이미 집을 사고도 남았을 텐데. 그 굴레를 벗기가 이렇게 오래 걸렸습니다. 그런데 이제 우리 가족에게 '타워팰리스'도 부럽지 않을 내 집 같은 전셋집이 생겼습니다. 3일 동안 우린 참 행복했습니다.

"화장실이 진짜 넓다."

"냉장고 문이 끝까지 열려."

"방이 진짜 넓어서 장롱, 서랍장 두 개, 침대까지 들여 놓았는데도 빨래 건조대까지 들어가."

"빛이 많이 들어오니까 좋다."

"이 밥상을 여기에 놓으니까 작아 보여. 하하하하"

넓고 비싼 집에 사는 사람들은 그게 뭐 대단한 일인가 하겠지만 우리 가족은 지금 더없이 행복합니다. 전 지금 행복은 먼 곳에 있는 게 아니라는 걸 몸소 느끼는 중입니다.

부끄럽지만 이 글을 쓰는 이유는 제가 하는 일이 남에게 행복을 찾게 해주는 일이기 때문입니다. '저 사람은 저런 것 가지고도 좋

아하는데.' 하면서 이 글을 읽는 분들도 작은 것에서 행복을 찾았
으면 하는 바람 때문입니다.

가슴이 벅찹니다.
앞으로 살아가며, 사랑하고, 행복할 일들을 생각하면.

　　이 글을 보면 그때의 감동이 지금도 느껴진다. 노련한 도배사
가 아닌 이상 반지르르하게 도배 하기는 쉽지 않다. 어머니는 도
배 값을 아끼겠다며 그 날 하루 종일 도배를 하셨다. 역시나 도
배는 울퉁불퉁 들뜨고 서툴렀다. 조금 쭈글쭈글한 곳은 있었지
만 풀이 다 마르자 벽지는 벽에 달라붙어 반지르르해졌다.

우리의 삶이 지금은 방금 바른 벽지처럼 들뜨고 엉성해 보이지만
그 뒤에 행복과 웃음과 기쁨의 풀을 바르면
언젠가는 팽팽하게 펴질 날이 올 것이라고 나는 믿는다.

열넷.

사무치지 않도록

　내가 다니는 교회에서 나는 〈사랑사역위원회〉라고 하는 발달
장애 또는 정신지체 장애인을 섬기는 부서의 총무를 맡고 있다.
그곳을 담당하는 최대열 목사님께서 하신 말씀을 잠깐 나눌까
한다.

　그날 말씀의 주제는 '섬기는 교사, 섬기는 리더'였다. 섬기는
것 중에 몸으로 섬기는 것이 있는데, 모 신학대학의 겸임교수이
기도 하신 목사님이 가장 하고 싶은 일은 학생들을 껴안고, 얼굴
을 부비기도 하며, 토닥거리는 걸 하고 싶다고 하셨다. 나는 이
해가 가지 않았는데 생각해보니 목사님은 다리가 불편해서 아이
들을 안아주고 싶어도 쓰러지고 말기 때문에 할 수 없으신 것이
었다. 이 말을 듣고 마음이 짠하고 눈물이 나올 것 같았다. 그리
곤 멀쩡한 내 다리를 만지며 말했다.

"감사합니다."

목사님의 아드님은 어릴 적부터 목사님이 꿈이라더니 2010년 월드컵 이후로는 축구선수로 바뀌었는데 지금은 서로 절충해서 30살까지 축구하고, 그 이후에는 목사가 되기로 했단다. 그러던 어느 날 축구를 좋아하는 목사님의 초등학생 아들이 했던 말이 가슴에 사무쳤다며 울먹이셨다.

"다른 애들은 아빠랑 축구도 하는데, 아빠 할 수 없지?"

내 가슴도 사무쳤다. '얼마나 마음이 아프셨을까.' 느낄 수 있었다. 정말 사랑하는 자식을 위해 공을 차며 놀아줄 수 없다는 것이 얼마나 사무쳤을까?

우리는 감사해야 할 제목들이 정말 많다. 그걸 알아차리지 못할 뿐. 우리는 모든 것에서 너무 넘치게 받았다. 만족하며 감사하는 건 쉬운 일은 아니다.

오늘은 두 다리가 멀쩡해서 마음껏 걸을 수 있음에 감사하자. 또 사랑하는 사람에게 다가가 와락 안을 수 있음에 감사하자.

사랑할 수 있을 때 맘껏 사랑하자.
가슴에 사무치지 않도록.

몇 살 처럼 보여?

　세월을 거부하고 늙어 보이지 않으려고 열심히 헬스로 근육을 단련함은 물론, 피부 관리도 받고 몸에 좋다는 음식이란 음식은 다 드시는 85세의 할아버지가 있었다. 그 할아버지의 유일한 인생의 樂(낙)은 "정말 85세요? 그렇게 안 보이세요. 어떻게 이렇게 젊어 보이세요?"라는 말을 듣는 것이었다.

　그러던 어느날, 사람들의 "젊어 보인다."는 말에 한껏 고무된 할아버지, 옆집에 사는 젊은 아가씨에게 자신있게 물어 보기를

　"아가씨? 내가 몇 살처럼 보여?"

　아가씨는 시큰둥한 말투로 "85세요!"

　놀란 할아버지 "아니! 그걸 어떻게."

　"어제도 물어보셨잖아요!"

몸에 좋은 음식만 먹어서 겉으로 보기에 조각 같은 근육질이면 무엇 하는가. 정신이 건강하지 않으면 모든 것이 소용없다. 생각이 맑아야 한다. 그 생각이 우리의 삶을 좌우한다. '건강한 정신은 건강한 육체의 토대가 된다.'

우리 모두 기쁨의 근육으로 웰빙하자.

나는 이 유머를 절대 잊지 못할 것이다. 결혼 이후 아내가 나에게 해준 거의 최초의 유머이기 때문이다.

나로 인해 한 사람이라도 웃게 되는 오늘이 되었으면 좋겠다. 웃음과 유머는 행복의 첫 단추이고, 사랑의 표현이다.

말 한마디가 모든 것을 살린다

이미지를 살리는 휴먼 스피치

하나.

위트있는 말 한마디가
첫인상을 결정한다

예전에 모 회사 워크숍에 강의를 갔는데 강의를 의뢰한 교육 담당 과장님이 강의하기 며칠 전부터 나에게 말했다.

"저희 사장님 성격이 좀 괴팍합니다. 그러니 강의하실 때 사장님한테 뭐 시키시고 그러면 안 됩니다."

나는 '잘해야 본전이겠다.' 싶어 잔뜩 긴장을 하고는 강의를 하러 홍천 비발디 파크로 향했다. 교육담당 과장이 사장님께 인사하자며 사장님을 찾아 앞서 나갔다.

"어, 저기 계시네요."

그런데 그 과장님이 가리킨 곳을 봤을 때 내 눈엔 사장님으로 보이는 분이 없었다. 워크숍이라 모두 편안한 차림이기도 했고, 그분은 키도 나처럼 아담하고 무엇보다 젊어 보였기 때문이다.

선입견이지만 내가 생각했던 이렇게 큰 기업을 이끌어가는 사장님의 모습과는 너무 거리가 있어 보였다.

드디어 사장님을 뵈었을 때 사장님은 나를 환하게 맞이해 주셨다.

"저는 사장님이라고 해서 60(나이 60세)은 넘으신 분인 줄 알았어요."라고 말했다. 그랬더니 사장님은 손을 머리 위로 올리면서 이렇게 답하시는 것이다.

"저, 그래도 60(키 160cm)은 넘습니다. 하하하."

'나이가 60이 넘었다.'는 말을 받아서 '키가 60이 넘는다.'는 말로 받아치는 위트와 순발력 멘트의 절정이다. 나는 강의 내내 그 사장님이 껄끄럽기는커녕 정말 멋져 보이고 친근했다.

순간의 위트 있는 말 한마디가 첫인상을 좌우하고 자신을 매력적으로 어필할 수 있다.

둘.

우리는 말의 지배를 받게 되어 있다

　말은 우리의 생각을 꿰는 하나의 틀이며, 나의 주장을 전달하고, 대화를 하며 관계를 형성하는 아주 중요한 도구이다. 그러므로 자신이 어떤 말을 구사하느냐 하는 것은 사회생활을 하며 관계를 형성하는데 극명한 명암을 연출한다.

　'말은 그 사람의 첫 번째 향기이자 마지막 기억이다.'라는 말이 있다. 말이 곧 그 사람인 것이다. '말을 하면 30%는 자기가 먹고, 70%는 남이 먹는다.' 그렇기 때문에 말은 상대에게 영향력을 행사하기도 하지만, 나의 삶을 만드는 데 커다란 역할을 한다.

　'나는 잘 웃는 사람이다.'라고 생각하고, 마음먹고, 사람들에게 이야기하는 순간 나의 몸은 가동되기 시작하며 나의 신경체

계에 명령을 내려 웃게 만든다.

부정적인 단어는 입에도 올리지 말자. 말이 생각을 바꾸고 생각이 말을 바꾼다. 한 번, 두 번 웃는 행위가 나의 마음을 밝게 만들듯 밝고 긍정적인 한두 번의 말이 나의 생각을 바꾸고 습관을 바꾸고 성품을 바꾸고 인생을 바꾼다.

1분 동안 다음과 같은 말을 해보면 금방 말의 위력을 느낄 수 있을 것이다. 다음 5가지 단어들을 되풀이해서 말해보라.
"미워하다. 불가능하다. 두렵다. 기분 나쁘다. 밉다."
어떤 기분이 드는가? 아마 의기소침해지고 상당히 불쾌한 기분이 들 것이다. 이제 다음 5가지 단어를 마음속에 중얼거려 보자.
"용서한다. 할 수 있다. 사랑한다. 기분 좋다. 행복하다."

마음속이 복잡하고 일이 풀리지 않을 때 위와 같은 말을 반복해 보자. 당신이 스트레스라고 생각하는 것들이 사라지는 것을 느낄 수 있을 것이다. 또한 '사랑, 우정, 기쁨, 장미, 희망, 아들, 행복.' 등 30여개 정도 긍정적인 단어를 적어서 집안 곳곳에 붙여보자.

긍정적인 단어를 바라만 봐도
실제로 기분이 좋아진다.

어디가 아프세요?

온몸이 아프다며 어떤 사람이 병원에 갔다.

의사: 어디가 어떻게 아프신가요?
환자: (손가락으로 온 몸 구석구석을 찔러 보이며)
　　　여기도 아프고요, 요기도 아프고요
　　　손가락으로 누르는 곳마다 다 아파요!!

(한참을 진찰하던 의사가 씨 익 웃으며)

의사: "손가락이 삐었습니다!!"

　자신에게 일어나는 문제를 정확히 파악하고 인지하지 못해서 잘 못된 방식으로 해결을 하려 들면 풀리지 않는다.
　자녀의 행동이 마음에 들지 않는다면 자식의 문제가 아니라 부모 자신의 문제인 경우가 많다. 자신에게 일어나는 거의 모든 일들은 자신의 생각과 행동에서 비롯되는 것이다.
　삐뚤어진 시선으로 삶을 바라보면 불행한 일들뿐이다.

꼬이고 풀리지 않는 일이 있다면 먼저 자신을 돌아보자.

자신이 생각하고 있지 않은 전혀 다른 곳에 답이 있을 수 있다.

다른 것의 문제가 아니라 나의 문제 일 수 있다.

성경에 저 위대한 바울처럼 매일 나를 쳐서 복종케 하자.

셋.

유머 스피치가 뭐예요?

〈유머스피치아카데미〉를 생각하고 만든 계기는 처음엔 단지 유머를 재미있게 말하는 스킬을 가르쳐주기 위해 시작되었다. 그런데 개인코칭을 하는 어느 순간부터 사람들이 요구하는 내용들이 다양해졌다.

〈유머스피치아카데미〉 원장이라는 직함 탓에 이리저리 상담이나 개인코칭을 다니다 보면 참 다양한 직업의 다양한 삶과 접한다.

개인코칭을 받는 분들에게 자주 듣는 질문이다.

"사는 게 재미가 없고 우울해요."

"말을 잘 하고 싶은데 잘 안 돼요."

"도대체 어떻게 말해야 재미있게 하는 건지 모르겠어요."

"다른 사람이 하면 재미있는데 내가 하면 썰렁해요."

"상대가 이렇게 말하면 어떻게 말해야 할지 모르겠어요."

"말이나 유머나 강의를 도대체 어떻게 해야 잘 하는 건지 감이 안 와요."

이제 〈유머스피치아카데미〉는 한 걸음 더 나아가 '사람을 살리는 휴먼스피치'를 전하고자 한다.

'말 한마디를 해도 재미있게 말할 수 있도록 도와주자.'

'자신도 즐겁고 남도 즐겁게 해 줄 수 있는 방법을 나누자.'

'사람을 살리고 서로에게 희망이 되는 말을 하는 스킬을 나누자.'

'삶에 희망과 긍정을 품고 유연한 사고를 가지고 살아갈 수 있도록 도와주자.'

모 방송사에서 여러 장수촌을 취재하면서 하나의 공통점을 발견하였다. 마을마다 서로 위하고 즐거워하며 모두가 환하게 웃고 있다는 것이었다. 한 기자가 97세 어르신에게 물었다.

"어르신, 항상 웃고 계시니까 보기에 참 좋으세요."

"아, 네. 고마워요."

"할머니, 할머니는 미워하는 사람 있으세요?"

"없어"

"네? 미워하는 사람이 한 명도 없어요?"

"응, 있었는데. 다 뒤졌어!"

삶의 지혜, 말의 지혜란 이런 것이 아닐까? 삶을 여유롭게 관조하는 것, 이것이 진정한 유머이다. 이것이 유머 스피치다. 유머 스피치란 유머있게 말을 하는 것이기도 하지만 웃음을 자아내게 하는 언행만을 다루는 것이 아니다. 말 하나, 행동 하나라도 위트 있고 재미있게 함으로써 나와 상대의 마음을 즐겁게 하고 나아가 삶의 전반적인 가치관의 밝음과 긍정을 목표로 삼는 것이다.

"어떻게 하면 재미있게 말하고 즐거운 마음으로 살 수 있어요?"라는 질문에 내 대답은 이것이 최선이다. 긍정의 언어로 말하라! 왜냐하면 긍정은 긍정을 생산하기 때문이다.

"어떻게 하면 강의를 잘해요?"
"어떻게 하면 친구가 많아요?"
"어떻게 하면 자녀를 잘 키울 수 있나요?"
"어떻게 하면 부부 관계가 원활해질까요?"
"어떻게 하면 유머러스한 사람이 되나요?"

이 모든 것에 대한 나의 대답은 '긍정의 언어를 사용하라.'이다. 부정적인 면이 보이더라도 긍정적인 면을 찾아 말해 보아라. 긍정은 기쁘고, 부정은 아프다. 내 마음에 기쁨이 있어야 유머러스한 말이 자연스럽다.

얼마 전에 유머 강사가 되겠다며 배우러 오신 분이 있었다. 말씀은 청산유수로 잘 하시는데 그분은 잘 웃지 않았다. 그럴만한 것이 아내와 자녀들과 관계가 썩 좋지 않았고 본인 말로 정도 별로 없다고 했다. 직장에서도 사장과의 관계가 좋지 않았고 그래서 기쁨이 없었다. 그분은 상담 후 두 번을 더 나오시더니 그 뒤로 나오지 않으셨다.

자기가 말하고 생각한 대로 내 인생의 그림이 그려진다.
긍정의 말을 하는 유머 스피치는 당신을 행복으로 안내할 것이다.
말은 곧 그 사람이다.

유머 스피치는 스킬이 아니라 삶이다.
그것도 여유롭고 지혜 넘치는 삶이다.

의부증

의부증이 심한 아내.

퇴근하고 돌아온 남편이 샤워를 하러 들어가면, 장롱에서 현미경을 꺼내 와이셔츠에서 팬티까지 옷을 점검 하는데.

가끔씩 기다란 머리 가락 이라도 나오는 날엔 남편이 샤워를 마치고 나오기가 무섭게 "어떤 여자야?!" 라며 난리가 났다.

그러던 어느 날.

아무리 옷을 세밀히 봐도 머리털 하나 나오지 않는 것이었다.

그런데 아내는 평소보다 더 기가 막힌다는 표정을 하며,

샤워를 끝내고 나온 남편에게 하는 말.

나, 원 참. 이젠 하다, 하다 대머리 하고 사귀냐?

관심이 있으면 그것만 보인다.

지금 꾸준히 생각하고 있는 그것만 보이는 것이다.

'직업은 못 속인 다' 는 말이 있다. 의사에겐 병원만 보이고, 빵집을 하는 사람에겐 빵가게만 보이듯 자신이 매일 생각하고 행동하는 그것이 유난히 더 잘 보인다.

그러기에 어느 것에 관심을 두느냐가 참 중요하다.

당신이 행복해야 할 이유와 긍정에 관심을 두자.

그래서 늘 마음이 부요한 모두가 되기를 소망 한다.

넷.

말이 바뀌면 사람이 바뀐다

보기에 살도 없고 까무잡잡한 사람이 있다고 하자. 당신은 그 사람에게 어떻게 말하겠는가?

"아이고~ 넌 피부도 까맣고 이렇게 말라가지고 어떻게 하나?"

물론 있는 그대로 사실을 이야기했지만, 늘 그 문제로 고민을 하고 있는 상대의 마음은 편치 않을 것이다. 당신은 걱정스러운 마음으로 한 말이지만 이 말은 사람을 살리는 말이 아니다. 실전 유머 스피치는 사람을 살리는 말이기 때문에 이렇게 말한다.

"야~ 저번보다 키가 훌쩍 컸네? 날씬해졌고. 언제나 너를 보면 참 건강해 보이는데, 비결이 뭐야?"

아는 선생님께서 자신의 핸드폰을 만지작거리면서 하는 말.

"내 건 이제 구식이야."

그래서 내가 말했다.

"선생님 것이 구식이 아니라, 다른 사람 것이 신식이죠."

내가 못 사는 게 아니고 남이 나보다 조금 더 잘 사는 거다. 말이 바뀌면 생각이 바뀐다.

유머 강사이면서 평소에 잘 웃지 않고, 성격도 융통성 없고, 고집스러운 사람이 있다. 그의 사무실에서 일하다 보면 직원들의 웃음이 사라진다고 호소하는 사람도 있다. 또 가족치료 교수이면서 정작 자신의 가정이 곪아 터진 분도 있다.

그렇게 되고 싶으면 그렇게 살아야 한다. 성공학 강의를 하려면 자신이 먼저 성공해야 하고, 유머러스한 사람이 되고 싶으면 자신의 삶이 유머러스해야 한다. 캐나다 컨설턴트 브라이언 트레이시(Brian Tracy)는 "사람과의 관계가 성공의 85%이다."라고 말했다.

자주 웃고, 긍정의 언어를 말하라. 그리고 그렇게 살아라. 그러면 당신의 삶이 송두리째 바뀐다.

대통령이 유치원을 방문했다.

아이들 : 야~ 대통령 할아버지다~

대통령 : (신기해 하며 다시 확인 차) 와, 너희들 내가 누군지 아니?

아이들 : 네. 우리나라 대통령이요~

대통령 : (아이들의 반응에 고무되어 레벨을 높이는데)

　　　　그럼, 너희들 내 이름도 아니?

아이들 : 네!

대통령 : (흐뭇하고 기대에 찬 목소리로) 그래? 뭔데?

아이들 : 저 새끼요

당신은 다른 사람에게 어떤 모습으로 기억되기를 원하는가?
'아, 그 사람 참 착해.', '아, 그 사람 치사해.' 사람은 누군가를
기억할 때 한 줄로 기억한다.

먼저 나를 바라보고 남을 바라보자. 남에게 어떻게 보여질까
를 두려워하라는 것이 아니라 선물로 받은 이 멋진 세상을 누가
봐도 떳떳하고 가슴 뛰게 살아보자는 것이다. 그렇게 살아감으
로 어느 누군가의 삶에 영향력을 끼치는 영양가 넘치는 사람이
되자는 것이다.

다섯.

사람을 살리는 말하기 기술

누군가 가끔 이렇게 물어 올 때가 있다.

"저, 머리했는데 어때요?"

"안경 바꿨는데 어때요?"

"옷 어때요? 저한테 안어울리죠?"

그때 당신은 무엇이라고 말하는가? 솔직하게 "응, 안어울려."라든지, 유심히 관찰 후 평가한답시고 "어울리는 것 같기도 하고, 아닌 것 같기도 해."라고 말하는가? 거기다 새로운 코디법까지 제시해주는가?

결론을 말하자면 위의 방법들은 절대 금물이다. 누군가 당신에게 "~어때요?"라고 상대의 신상에 관한 걸 물어 온다는 건 동의의 말을 듣고 싶어서이다.

"오늘 머리 했는데, 제 머리 어때요?"
이때는 앞, 뒤 보지 말고 무조건 "좋다. 좋아. 예쁘다!"

"저, 옷 샀는데 안어울리죠?"
이때도 무조건 "아니, 정말 잘어울려!"

왜냐하면 지금 머리를 자르거나 옷을 입고 온 상황은 되돌릴 수 없기 때문이다.

헤어 스타일이 바뀌었거나 새로운 옷을 입고 오면 즉시 알아채고 칭찬하라. 상대가 좀 어색하게 굴어도 속으로는 좋아한다는 것을 잊지 말라. 어울리지 않는다고 지금 물어오는 상황에서 바로 충고나 코디를 해주는 건 죽음이고 친구를 잃는 행위다.

얼마 전 학교에 렌즈를 끼는 여자 후배가 안경을 쓰고 왔다. 나는 금방 알아보고는 말을 건넸다.
"어! 안경 썼네?!"
"선배님, 안녕하세요~ 렌즈가 갑갑해서요. 쫌 꺼벙해 보이죠?"
그녀의 말대로 좀 꺼벙해 보이기는 했지만, 나는 지체하지 않고 이렇게 말했다.

"아니, 분위기 있고 멋진데?"

"선배님, 그냥 좋게 말씀해 주시는 거죠?"

"아니야, 너는 렌즈를 끼면 낀 대로, 안경을 끼면 낀 대로 언제나 멋있어!"

또 한 번은 머리를 자르고 온 후배와의 대화다.

"어, 머리 잘랐네?"

"괜히 잘랐나 봐요. 안어울리죠?"

"아니, 훨씬 나은데."

설령 자른 뒤의 헤어 스타일이 이상하고 어울리지 않다고 "응, 안 어울려."라고 말한들 무슨 소용이 있는가. "응, 넌 렌즈 낀 게 더 나은 거 같아."라고 한들 무엇이 지금 달라지는가 말이다.

당신 눈앞에 있는 모든 것에 칭찬하라. 유머 스피치는 임기응변식으로 그때를 넘기는 거짓말이 아니다. 상대의 감정을 꿰뚫어보고 더욱 행복하고 건설적으로 살아가기 위한 재치이다.

사람을 살리는 언어의 기술이다.

흔들리지 않고 피는 꽃은 없다

고등학교 2학년 학생이 선생님께 고민을 털어 놓는다.

"선생님, 저는 공부도 못하고, 운동도 못하고, 키도 작고, 집도 가난해요. 제가 무얼 할 수 있죠? 전 나중에 무엇이 될까요?"

"응, 고3이 된단다."

이 세상 모든 괴로움과 힘든 일이 자신에게만 집중된 것처럼 생각될 때가 있다. 그래서 빠져나올 수 없고, 아무것도 할 수 없다고 생각될 때도 있다. 그러나 걱정하지 말고 온갖 나를 우울하게 하는 그 어떤 것을 물리쳐라. 두려워하지도 포기하지도 말자. 언제나 행복한 나를 꿈꾸며 기쁨을 이야기하자.

'흔들리지 않고 피는 꽃은 없다.'

모든 것은 흐르고, 모든 것은 지나간다. 결국엔 모두가 무엇이 된다. 그렇다면 지금 우리가 해야 할 일은 이 순간을 즐기고 감사하며 한 번 더 웃는 것이다. 그러면 내 마음 속 깊이 바라는, 행복한 내가 되는 것이다.

여섯.

알아주기

영희 엄마가 대화법 강좌를 다녀온 후 현서 엄마를 만났다.

"현서 엄마, 아이들한테 아무리 화가 나도 이렇게 말해야 된대. '아~ 현서가 사탕이 먹고 싶구나~ 아~ 현서가 더 놀고 싶구나.' 하면서 아이의 마음을 공감해줘야 한대. 그래야 아이들 인성발달에 좋대."

그럴듯하게 여긴 현서 엄마가 고개를 끄덕이더니, 즉시 집에 가서 실천했다.

일주일 후 만난 두 엄마.

"영희 엄마, 그거 효과 좋던데."

"그렇지? 어떻게 했어?"

"아~ 현서가 맞고 싶구나~ 아~ 현서가 죽고 싶구나~"

아이나 어른이나 마음을 알아주면 좋아한다. 모든 괴로움과 우울함의 해결책은 '알아주는 것'이다.

어떤 사람이 병원에 와서 의사에게 말하길
"선생님 제 뱃속에 파리가 들어있는데, 뱃속에서 윙윙거리는 통에 도대체 잠을 잘 수가 없어요."
의사는 그 사람에게 침대에 누우라고 한 뒤 입을 벌리라고 했다. 그리고 눈을 감으라고 하고는 불을 껐다. 그런 다음 파리를 잡는 시늉을 하며 손뼉을 짝짝 두 번 치고는 눈을 뜨라고 했다. 그리고 하는 말.
"다행입니다. 파리 두 마리가 나왔습니다."
그 사람은 '이제 속이 편하고 소리도 안 들린다.'며 넙죽 인사를 하고 신나서 돌아갔다.

이 글은 유머다. 그러나 병원에 갔을 때 다시 찾게 되는 병원은 환자가 아프다고 할 때 "아이고~ 많이 아프시고 불편하셨겠네요."라고 말해주는 병원이다. 현명한 의사는 환자의 마음을 알아주는 의사다. 알아주는 의사가 명의다.
나도 얼마 전 치과에 가서 잇몸치료를 받는데 치료를 받을 때 내가 아파서 "아! 아!" 하고 외마디 비명을 질렀더니 의사

선생님이 나와 같이 "아! 아!"라고 해주는 것이 아닌가! 그럴 때 환자는 아프지만 편안함을 느낀다.

아내가 아기를 출산하려고 병원에 있을 때, 옆의 산모가 통증이 심한지 계속 끙끙거리고 있었다. 그때 어느 간호사가 오더니 하는 말 "아줌마만 아픈 거 아니에요."

다음에 둘째를 낳는다면 그 병원은 고려해 볼 생각이다. 지금 내가 아픈데 다른 사람 때문에 이를 꽉 물고 있어야 하나? 사람들은 자신의 감정을 알아주기를 원하고 말하고 싶어 한다.

'알아주기'는 유머 스피치의 기본이며 사람을 살리는 첫 걸음이다.

일곱.

사실이라도 듣는 사람은 아프다

둘이나 셋, 때로는 여럿이 이야기를 나눌 때 그곳에 있지 않은 누군가에 관해 험담을 하거나 서운한 점을 이야기하는 것을 우리는 뒷담화라고 말한다. 뒷담화는 남을 좋게 말하는 경우로는 거의 쓰이지 않기에 될 수 있으면 하지 말고, 그 사람에 대한 칭찬이나 좋은 말을 하는 것이 지극히 옳다. 그런데 사람이 살면서 다른 사람에 대해 불만이 없는 이가 어디 있는가. 그것을 말로 표현하느냐 안하느냐, 당사자 앞에서 하느냐 다른 사람 앞에서 하느냐 하는 상황만 다를 뿐이다.

나는 남들이 말하는 늦은 나이에 성악과를 편입했다. 그래서 늘 악보와 노래와 피아노 반주자와 함께 있는 시간이 많다. 어느 날 반주자와 반주를 맞추는데 내가 연습이 덜 된 것도 있었지만, 그날따라 유난하게 '음이 틀렸다.'는 둥, '다시 하라.'는 둥 선생님처럼 굴어서 나이도 한참 많은 나는 내심 삐쳐 있었다.

며칠 후, 후배 두 명과 밥을 먹다가 반주자에게 기분이 안 좋았던 이야기를 말했다. 그런데 내 말이 끝나자마자 한 녀석이 대뜸 하는 말.

"아, 그건 형님이 오해하신 거예요. 그 반주자 형이 형님을 생각해서 그런 거예요."

내가 잘했건, 잘못했건, 오해했건 상관없이 마음이 상했다. 이런 상황에선 누구나 기분이 상한다. 이유는 간단하다. 한편으로는 편한 마음에 위로를 얻고자 내 편일 것 같은 제3자에게 푸념을 늘어놓았는데 그가 내 마음을 알아주지 않았기 때문이다.

누군가 나에게 내가 좋게 생각하는 어느 누구의 험담을 해 온다면 일단은 들어주고 끄덕여주고 맞장구쳐주고 이렇게 말하자.

"나참, 기가 막혀서. 너 진짜 속상했겠다." 일단은 상대의 마음을 알아주어야 한다. 그렇게 말한 후에 나의 이야기를 해도 늦지 않다.

사실이라도 듣는 사람은 아프다.

누가 나를 위로해 주지

어느 외로운 사람이 컴퓨터 앞에 앉아서 지식인에 글을 올렸다.
'우울할 때는 풍부한 유머감각으로 웃겨주고,
심오한 지식을 갖춘 지성미로 지적 욕구를 채워주며,
언제나 아이들과 친구가 되어 잘 놀아주며,
휴일엔 가족과 함께 즐거움을 베풀며,
감동을 주고 감탄하게도 하는 그런 사람 없나요?'
여기에 바로 댓글이 올라온다.

'TV를 한 대 사시오.'

사회가 고도로 발달할수록 사람들은 이제 배고픔이 아닌 또 다른 허기로 괴로워한다. 바로 사람이 고프고 사랑이 고파진다. 나하나 추스르고 살아가기도 힘든 세상이지만 그럴수록 우린 더욱 서로를 돌아보아 한 번 더 웃어주는, 한 번 더 안아주고 감동하는 여유를 가졌으면 한다. 가는 길 바빠도, 조금 늦더라도, 사랑하며 살면 얼마나 아름다울까?
살아가다가 사랑 하나 마음에 품으면 나는 누군가의 꽃이 된다.

여덟.

아빠, 나 밥 먹는 데 19등 했어

우리 아들 현서는 밥 먹는 걸 너무 너무 싫어한다. 그래서 어린이집에서 점심을 먹을 때 23명 중에 매번 꼴찌란다. 아내와 나는 현서가 밥을 먹지 않는 것이 걱정이었지만 밥을 빨리 먹으라고 다그치지 않고 스스로 성취감을 느끼며 밥 먹는 재미를 느끼게 해주고 싶었다.

그러던 어느 날 현서가 우리에게 한 말 때문에 마음 한구석이 좋지 않았다.

"아빠, 나 어린이집에서 밥 먹기 싫어."

"현서야 그렇게 밥 먹기가 싫어? 아빠도 어렸을 때 밥 먹기 싫었어. 그런 건 괜찮아."

"늦게 먹으면 선생님 앞에서 먹어야 되고 맨날 꼴찌로 이 닦아. 그래서 창피해."

현서는 밥을 늦게 먹는 것보다 양치를 친구들과 함께 하지 못하는 것이 싫었던 것이다. 이때 대부분의 부모는 "혼자 이 닦는 게 창피하면 네가 밥을 빨리 먹으면 되지?"라고 하며 아이에게 '올바른 화살'을 쏘는 실수를 저지른다. 그러나 아이뿐만 아니라 남녀노소 누구든지 자신의 마음을 알아주면 좋아한다.

"현서가 혼자 이 닦는 게 창피했구나? 현서는 빨리 먹고 싶은데 잘 안되지?"
나의 말에 현서는 내 무릎으로 와서 '응, 내 마음이 그래 아빠. 어떻게 알았어?' 하는 표정으로 포옥 안겼다. 현서의 마음을 알 것 같았다.

"현서야, 아빠는 현서가 밥 먹는 거 1등 하는 거 별로 안 좋아. 급하게 먹으면 안 되거든. 한 16등? 15등이나 16등 하는 친구가 누구야? 그 친구들 먹는 대로 따라서 먹으면 되겠다."
그러자 현서의 눈빛이 빛났다.

"우리 분단에서 다인이가 15등 했어, 오늘."
"그래? 그럼 다인이가 먹는 대로 따라서 먹으면 되겠다. 할 수 있겠지?"

"응, 할 수 있을 것 같아."

다그치고 올바른 방법을 제시한다고 아이가 달라지는 것이 아니다. 우리가 어릴 적에도 그랬고 지금도 그렇듯, 내 마음을 알아주면 그만이고 내 마음을 알아준 그 사람이 좋아 보인다.

다음날 현서가 나를 보자마자 달려와서 말했다.

"아빠! 나 밥 먹는데 19등 했어!"

아홉.

너는 참 말을 푸지게 해

'이 세상에 최고의 요리사는 어머니의 숫자 만큼이다.'라는 광고 문구에 누구나 공감하는 것은 자신의 어머니가 해 준 음식이 가장 자신의 입에 맞기 때문이다.

나는 두부조림을 좋아한다. 식당이나 다른 곳의 무늬만 두부조림인 것은 잘 먹지 않지만 우리 어머니가 해 준 두부조림은 단연 최고다.

두부를 썰어서 기름에 부치고, 양념장을 만들어 차곡차곡 쌓으며 뿌린다. 일반 두부조림은 거의 여기까진데 우리 어머니의 두부조림엔 하나가 더 있다. 차곡차곡 쌓아 양념을 얹은 두부를 약한 불에 졸인다. 그러면 바삭 짭조름 부드러운 두부조림 완성!

며칠 전 어머니가 두부조림을 해 주셨다. 나는 다른 반찬 뚜껑
은 열지도 않고 밥 두 공기를 뚝딱 해치웠다. 어머니는 빈 그릇
을 싱크대로 가지고 가시며 말했다.

"맛있어?"

"응. 난 이 세상에서 이렇게 맛있는 두부조림을 먹어 본 역사가
없어! 엄마가 해 준 게 최고 맛있어!"

그러자 엄마가 씨-익 웃으시며 하는 말.

"지랄하네. 쌍놈의 새끼~"

그러면서 식탁 의자를 비스듬히 가져다 앉으며 하시는 말씀

"재규야, 너는 말을 참 푸지게(푸짐하게) 해!"

어머니는 기분이 좋으셨던 것이다. 말은 사람을 죽이기도 하
고 살리기도 한다. 말을 푸짐하게 하는 것은 결코 과장에 들어가
지 않는다. 그것은 살아가는 맛이고, 양념이다.

내 입에서 불평의 말을 버리자.

내 입에서 남을 탓하는 말을 버리자.

내 입에서 감사의 말이 흐르게 하자.

성경에 이런 말이 있다.

"네 말이 내 귀에 들린 대로 내가 행하리라."

열.

감정을 읽는 기술

평소에 좀 깍쟁이 같은 한 젊은 여자 교수님이 내게 궁금하다는 표정으로 물어 오셨다. 이분에게는 엄청난 용기와 호기심의 발로였던 것. 그리고 약간의 미소와 정색을 번갈아가며 물으시길.

"유머 강사라면서요? 어떻게 하면 재미있게 강의를 잘해요? 어떻게 유머스럽게 하죠? 유머러스하게 하는 무슨 방법이 있나요?"

"물론 있죠. 먼저 상대의 감정을 읽는 게 중요합니다. 기술이지요."

"어렵네. 내가 말할 때 어때? 내 수업이 재미 없어?"

"아니, 그건 아니고…. 외람되지만 말씀 드리자면 교수님 스타일은 한참 말씀을 하시다가 갑자기 말씀을 뚝 끊어 버리면 아이들이 '뭐야. 무슨 일 있어?' 하면서 서로 쳐다보는 분위기?"

"내가 무서워?"

"아뇨. 무서운 게 아니라 그런 느낌, 분위기라는 것이죠. 감정의 교류가 있으면 친근해지 거든요."

"아이고, 나도 웃기는 말을 하고 싶고, 농담도 하고 싶은데 타이밍을 잘 못찾는다고 할까? 언제, 어떻게 말해야 되는 줄을 몰라. 어렵다."

그 교수님은 수업을 하실 때 어떠한 유머러스한 말도 하지 않으신다. 오직 수업! 그리고 질문에 답!

아이들이 떠들면 하시는 말씀.

"왜 이래? 무슨 일이야!"

이 교수님은 사람을 매끄럽게 대하고 감정을 읽어내는 기술이 부족한 것이지, 성품이 까칠하거나 원래 새침한 분은 아닌 것이다. 이 교수님께서 말씀하실 때 이렇게 말씀하신 적이 거의 없으시다. "너희들 이렇게 하는 걸 보니까, 지금 이러고 싶은 모양이구나?"

부모들도 아이에게 "그래, 하고 싶구나?"라고 알아주면 아이가 밝아진다. 마음을 읽고, 알아채고, 알아주는 기술이다. 단지 모를 뿐. 그러니까 자신도 답답한 것이다.

강의를 하거나 대화를 할 때 재미있게 하는 법을 아는 사람은 그곳에서 흐르는 미묘한 감정의 흐름을 알아챈다. 그래서 분위기가 전체적으로 다운되어 있으면 누구나가 "어, 이거 오늘 분위기 왜 이래? 무슨 일 있어?"라고 하듯 금방 알아채는 것이다. 이건 본능이다. 두려운 것에 대해 자신을 보호하려는 인간의 본성. 그와 비슷하게 상대에게 자신이 재미있는 사람임을 인식시키려 하는 것도 본능이라 할 수 있다. 그러면 더 호의적인 분위기에서 자신의 생존을 더 연장시킬 수 있으니까.

다시 말하지만 꾸준히 연습해야 하는 것 중에 하나.
'감정 읽어내기'

이 연습은 더 나은 인간관계와 멋진 강의를 위한 기본이다. 지금 자신의 감정부터 탐색해 보라. 예민하고 정직하게, 그리고 가까운 사람과 연습해 보라.

그 미묘한 에너지의 흐름을 읽는 기술이
살아가는 기술이고 사랑 받는 기술이다.

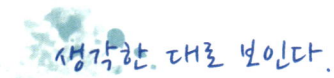
생각한 대로 보인다.

어느 교회에 매사에 열심인 권사님이 계셨다.
그분의 직업은 그 옛날에 복부인!!
아침부터 저녁까지 그 권사님이 하시는 일은 아파트 보고, 땅 보고, 오피스텔,
상가 등을 보러 다니는 것이었다.
그러던 어느 날.

유독 아파트만 보러 다니신 어느 날 여선교회 월례회 사회를 보게 된 권사님.
교회로 발걸음을 재촉했다.
사회를 안정감 있게 보시던 권사님께서.
다음 순서에 부를 찬송가를 말씀 하셨다.

다음에 부를 찬송은, 찬송가 205동 입니다!!

입력을 한 정보만 출력이 되듯, 늘 생각하고 있는 것. 그것이 나온다.

늘 말하고, 행동하는 그것은 무엇이 되던지 우리의 머리와, 마음속에, 세포 하나하나에 저장 된다.

늘 생각하고 있는 것이 말이 되어 나오고, 행동 되어 지고,

선택의 기준이 되는 것이다.

사람의 생각은 이렇듯 우리의 삶을 송두리째 바꾸어 놓을 수 있는 위력이 있다.

인간의 목적은 누구나 행복을 향한다.

그렇기 때문에 우리는 행복을 선택하고, 웃음을 보이고, 긍정을 말해야 한다.

생각이 에너지다.

바르고 밝은 생각이 우리 삶의 에너지다.

열하나.

사람을 살리고 싶다면

직장 상사가 부하 직원에게 일을 시키는 방법은 간단하다. 모 직장의 과장님이 들려 준 이야기이다. 너무 힘들었던 신입사원 시절, 직장에 적응도 잘 못해서 일도 서툴고 모든 게 낯설고 힘 들었던 시절이었다. 늦게까지 야근을 하며 컴퓨터 앞에 앉아 있 었는데 부장님이 퇴근하실 때 자신 옆으로 지나가시다가 어깨 를 툭 치며 하셨던 말씀 한마디에 직장이 즐거운 놀이터로 변했 다고 했다.

"내가 자네 좋아하는 거 알지? 자네는 우리 회사의 기둥이야."

그날 밤을 새워 일을 했다는 감동적이고 전설 같은 이야기이다.

지적하기 이전에 칭찬하라.

내 친구 중에 사람을 참 반갑게 맞이하는 친구가 있다. 옆에서 보면 조금 '오버한다.' 싶을 정도로 목소리도 크고 악수하고 껴안고, '잘 지냈냐.'는 둥 '요즘 하는 일은 어떠냐며.' 그렇게 호들갑이다.

　그 친구를 아는 사람들은 그 친구의 평을 좋게 한다. "사람이 밝아서 참 좋아요." 말주변이 없다면 당신에게 오는 모든 사람을 반갑게 맞이하라. 그리고 상대에게 자신감과 힘을 주는 한마디만 하라.

　말 한마디의 따스함과 유머러스함의
　맛을 본 사람은 또 그렇게 될 확률이 높다.

열둘.

자신을 풍자하면 모든 것이 밝아진다, 해석의 달인이 되자

자신의 단점을 숨기고 남들이 알아 볼까봐 꺼리는 사람보다, 남에게 웃음을 주며 자신 있게 드러내는 사람이 더 멋져 보인다.

자신을 풍자하고 긍정적인 해석으로 웃음을 주는 행위는 당신과 다른 사람의 행복과 희망을 불러일으키기에 충분하다.

팔 다리가 거의 없는 닉 부이치치 나 일본의 오토다케 히로타다 를 보고 우리가 감동의 눈물과 진정어린 박수를 브내고 희망을 갖게 되는 이유는 그들이 긍정적으로 자신의 모습을 세상에 드러냈기 때문이었다.

이 글을 읽는 당신의 다리가 짧고 굵어 고민 이라면 이제부터 고민 끝이다.

해석의 달인이 되면 된다.

나도 아주 짧고 굵은 다리의 소유자다. 그런데 나는 이렇게 말한다.

"다리가 짧고 굵어서 나는 모든 면에서 안정감이 있다"
"다리가 가늘고 길면 살짝만 누가 건드려도 쓰러지겠지만,
아무리 나를 넘어뜨리려 해도 이 짧고 굵은 다리로 든든히 버틸 수 있다"

"그래서 나는 어려운 일을 만나도 웬만해서는 쓰러지지 않는다!"

어떤가? 외모에 콤플렉스가 있다면 긍정으로 해석하라. 삶은 내가 해석한 대로 보인다.

어릴 적 축구를 하다 중도실명이 되고도 미국 대통령 부시 시절 백악관 장애인 정책 보좌관이었던 강영우 박사! 어느 날 지금의 아내에게 프러포즈를 할 때 했던 말이다.

"맹세할 수 있어. 난 절대 한눈팔지 않을 거야!"
일본의 어느 시각장애를 가진 교수가 학생들에게 "여러분 당당하게 사십시오. 어느 누구도 제대로 할 수 없는 일을 저는 할 수 있습니다. 태양을 똑바로 쳐다볼 수 있는 것입니다."

'긍정을 추구하는 말 한마디가 나와 또 다른 사람을 살린다.'
유머있는 사람은 평소의 삶이 긍정이다. 긍정은 어디까지나 부
정을 이긴다. 내 마음속에 두 마리의 늑대가 있다면 누가 이길
까? 내가 먹이를 주는 놈이 이긴다. 긍정에게 먹이를 주자.

내 삶이 지금 곤고하고 아플지라도
희망과 긍정을 바라보자.
밝게 보면 세상은 참 살만한 곳이다.

모두가 행복해 지기를 바란다. 그게 나의 꿈이다.

열셋.

하나 마나 한 소리

몸이 아파서 병원에 있어 본 사람이라면 병문안 와서 물어보는 말에 대한 대답을 끊임없이 반복한 기억이 있을 것이다.

"어쩌다 그랬어?"

"언제 퇴원할 수 있대?"

물론 걱정이 되어서 하는 말이지만 뻔한 소리, 하나마나 한 소리인 것이다. 환자는 여러 사람의 병문안을 받는다. 병문안을 간 사람은 처음이지만 침대에 누워있는 사람은 여러 사람을 만나야 한다. 그런 하나마나한 질문은 간단히 끝내고, 다른 이야기를 하

라. 기분 좋은 이야기를 하라. 걱정한답시고 죽상하며 있지 말고 얼굴 활짝 펴고 환자에게 한 번이라도 웃음을 주고 나오라. 웃음을 주고 돌아오는 것이 진정한 병문안이다.

"다쳐! 천천히 가."
"거 봐, 엄마가 천천히 가랬지."
부모로서 아이에게 하루에도 얼마나 많은 쓸데없는 말을 하는지. 그런데 엄마들은 그게 쓸데없는 말인지조차도 모른다. 솔직히 아이들은 노느라 그 말이 귀에 들어오지 않는다.

"뜨거워, 만지지마."
난 어릴 적 촛불을 가지고 장난을 치다가 아버지에게 잔소리를 들었다. 그래도 계속 장난을 한 나는 살짝 손을 촛불에 데었다. 그 뒤로 나는 불장난을 하지 않는다. 내 스스로 느끼고 하지 않았던 것이다. 직접경험하게 하고, 하나마나 한 소리로 아이들을 피곤하게 하지 말라. 성인인 우리도 그러지 않은가? 아내나 남편이나 상사가 노파심에 계속 하는 말을 잔소리라고 하지 않는가 말이다.

아이도 똑같이 속으로 '내가 다 어련히 알아서 할까.' 하며 여러분의 말을 잔소리로 받아들일 확률이 높다. 부모의 역할은 아끼고 보호하는 것만이 아니라 적극적인 경험을 하게 하는 것도

무엇보다 필요하다. 그렇다고 찻길에 뛰어드는 아이를 그냥 내버
려두라는 얘기는 아니니 오해는 말기를 바란다.

한 번이라도 웃게 하라. 지금 당장 목표를 정하자.

하나마나 한 소리는 줄이고,
하루에 한 번씩 주변 사람들을 웃게 하겠다고.

남은시간

정밀건강진단이 끝난 후 의사가 검사 결과를 들고 나와 환자
에게 말했다.

"유감입니다만, 검사결과가 좋지 않군요.
환자분은 지금 서서히 죽어가고 있는데 시간이 얼마 남지 않
았습니다."

"아, 안 됩니다. 말씀해 주세요. 시간이 얼마나 남았습니까?"

"10........."

"10? 10 뭐요? 10개월? 10주? 도대체 얼마나 남았단 말입니까?"

환자가 다그쳐 묻자, 의사가 난처해하며 입을 열었다.

"10....9........8.....7....."

지금 우리도 서서히 천성을 향하여 나아가고 있다.
이 세상 어느 누구 만사형통한 사람도 없고 천년만년 사는 사
람도 없다.

어차피 누구나 죽는다.

인정하고 싶지 않을 뿐이다.

뒤돌아보면 아쉬운 기억들이 있고 나이가 들어 갈수록

'아~ 그 때 더 잘 할 걸, 그럴 걸.' 하며 아쉬워하는 일이 많아
질 것이다.

자식을 키워 봐야 부모의 마음을 알고, 부모님이 돌아가시면
효자가 되고,

사랑하는 사람을 잃은 후에 더 큰 사랑을 아는 것처럼 인간은
어리석다.

지나 보면 늘 아쉬움이 남는다. 돌아보아 아쉽지 않고,

서로에게 좋은 기억으로 남도록, 그러기에 그저 넉넉히 사랑
하자.

사랑하는 마음으로 그리하자.

그렇다고 사람을 너무 의지 하지도 말자.

"사랑의 빚 외에는 아무런 빚도 지지 말자."라는 말이 있다.

사람은 믿음의 대상이 아닌 사랑의 대상이다.

그러기에 나그네로 살아가는 이 아름다운 세상에서 우리가 더
욱 가져야 할 건 사랑이다.

열넷.

그냥 했어요

　우리말 중에 "그냥"이라는 말은 언제, 어떻게 쓰느냐에 따라 많이 달라진다. 언어라는 것이 문법적인 것만 따지고면 딱딱하지만 풍겨나는 뉘앙스라는 것까지 보면 훨씬 풍부해진다.

　언어는 그야말로 느낌이다. 엄밀히 말하자면 내 말을 듣고 상대가 느끼는 느낌과 감정의 상태가 언어이고, 그때 비로소 내 말이 끝난 것이다.

　예를 들자면

　"너, 이거 왜 했어?"

　"그냥요. 그냥 하고 싶어서요. 꼭 이유가 있어야 되나요?"

　"너, 여기 왜 왔어?"

　"그냥요, 그냥 왔는데요?"

　이럴 때의 그냥은 아무 생각 없는 누군가가 말한 재채기 같은 말이며 상대는 '생각이 별로 없는 애구나!'라고 치부할 수 있다. 또 어찌 보면 쿨하게 보일 수도 있고 그렇게 받아들일 수도 있다. 그래서 언어는 상대적이고 상대의 감정이나 느낌에 따라 다르게 받아들이는 것이다.

그렇다면 이런 상황에서 '그냥'은 어떤 느낌인가?
무슨 날도 아니고 별 일도 없는데 장모님이나 시어머니 등 평소에 떨어져 있어서 대화할 일이 별로 없는 분에게 전화를 한다면
"어머니세요?"
"응, 그래 어쩐 일이야? 무슨 일 있어?"
"아뇨, 그냥 했어요."

또 평소 마음에 두고 있는 사람에게 전화할 때도 이 방법이 좋다.
"나야. 내가 전화 왜 했게?"
"몰라. 무슨 일 있어?"
"아니, 그냥. 네 목소리 듣고 싶어서."
이때의 '그냥'은 상대의 마음을 따뜻하게도 하고 나에 대한 느낌을 좋게 갖도록 해준다. 곧 언어는 감정을 전달하는 매개체로써 같은 단어를 말하더라도 마음의 상태에 따라 그 뉘앙스가 확연히 달라진다. 단어 선택 하나와 말투에 그 사람이 녹아들고 기억된다.

오늘 그냥 전화
한 통화 어떠세요?

열다섯.

마음을 시원케 하는 말

　작년 여름, 반포지구 한강시민공원에 있는 편의점에 들렀다.
작년 여름은 정말 더웠다. 새벽부터 비가 주적주적 내리고 그래
서 습하고 아주 푹푹 찌는 아침이었다. 물건을 사고 계산을 하려
는데 주인 아주머니께서 날씨 이야기를 하셨다.
　"와, 오늘은 새벽부터 비가 오네요?"
　"네."
　"요즘엔 날씨가 오전에 비오고, 오후에 쨍쨍하고 참 날씨가 착해요?"
　'날씨가 변덕스럽다는 말'이나 '짜증나게 날씨가 장난이 아니
라는 말'을 할 수도 있었을 법한데 그분은 그렇게 말하지 않았다.

　우리는 말도, 행동도 선택할 수 있다. 난 그 아주머니 얼굴을

다시 한 번 보면서 시원함을 느꼈다. 바깥은 부슬비가 내리고 폭염이 기승을 부렸지만 나의 아침은 이미 시원했다.

"날씨가 참 착하네요."

이 말은 생각의 전환이고, 말의 전환이다. 놀라운 사실은 이렇게 말을 바꾸면 마음도 바뀐다는 것이다. 말이 바뀌면 인생이 바뀐다. 부모님은 자식이 뻔히 못할 줄 알면서도 자신있게 "할 수 있어. 당연하지."라고 말하는 것을 보면 마음이 시원해진다.

작년 여름은 정말 더운 날씨였지만 나에겐 그 편의점 아주머니의 한마디 말로 인해 참 시원한 여름이었다.

말로 사람을 시원하게 하자.

열여섯.

놓치기 쉽지만 꼭 알아야 할 이미지 살리는 대화 필살기

"잘 지내시죠?"

"네." ....끝!

"요즘 어떻게 지내세요?"

"네, 잘 지냅니다." ....끝!

"건강은 좀 어떠세요?"

"네, 건강합니다." ....끝!

"오늘 날씨가 좋네요?"

"네, 그러네요." ....끝!

"저번에 그 일 잘되셨어요?"

"네!" ....끝!

"말하기가 힘들어요."

"어떻게 말을 이어가야 할지 모르겠어요."

"평소에 서로 대화가 없어서."

"초면이라."

"쑥스러워서."

"내성적인 성격이라."

여러 가지 이유로 이제는 대화하는 법을 배워야 할 만큼 말하기에 서툰 사람이 늘어만 간다. 모두가 버라이어티에 나오는 연예인처럼 말을 능수능란하게 재미있게 할 수는 없다. 물론 타고난 끼가 있기는 하지만 그들도 사실 대본이 있다. 우리도 평소에 대본을 가지고 있다면 잘 할 수 있다. 대화란 서로 자신의 말을 주거니 받거니 하는 것이다. 객관식에 길들여져서일까? 상대의 질문에 단답형으로 대답만 하고 말아 버리면 서로가 어색하다. 그러면 어떻게 처음 본 사람과도 대화를 어색하지 않게 이끌어 갈 것인가? 여기 형식과 대본이 있다.

첫째는 간단히 대답을 한 후, 상대방이 한 말을 다시 되묻는 방법이다. "잘 지내시죠?"라고 하면 "네, 잘 지냅니다."라고 한 후에 상대에게 다시 "잘 지내시죠?"라고 물어본다. 그런데 여기서 또 하나의 포인트! 또 하나의 말을 만들어져야 대화가 이어진다.

예를 들어 "잘 지내시죠?"라고 한 다음에 설령 그렇지 않더라도 "얼굴이 좋아 보이세요!" 같은 칭찬을 살짝 해 주고, "요즘 저는 물만 먹어도 살이 찌고 피부가 칙칙해요." 하면서 상대를 올려주고 자신을 조금 낮추는 것이다. 그러면 상대는 당신을 예의 바르고 쾌활하며 겸손하기까지 한 사람으로 볼 것이다.

둘째는 조금 긴 문장으로 요구를 했거나 질문을 했을 때 상대가 한 말의 뒷부분을 다시 말하는 것이다. 이 방법은 첫 번째와는 비슷하지만 조금 다르다.

예를 들어 "~라고 저는 생각해요."라고 했다 하자. 그러면 그때 상대의 말을 다 받아서 다시 말할 것까지는 없고 "~라고 생각하시는군요."라고 뒷부분을 짧게 다시 말하고 당신이 하고 싶은 말을 하면 된다. 그러면 상대는 당신이 자신의 말을 잘 듣고 있다고 생각하고 또한 당신에 대한 호감도가 높아진다.

셋째는 상대의 눈이나 콧등을 주시하며 밝은 표정으로 맞장구 쳐주고 감탄하는 것이다. 인간은 누구나가 자신을 알아주기를 열망하기 때문에 상대가 내 말을 듣고 있다는 건 요즘 현대인들에겐 특히 기분 좋은 일이다. 밝은 표정으로 상대를 응시하며 고개를 끄덕이는 적극적 경청이 바로 좋은 대화의 시작이자, 끝이다.

사람과의 관계가
밝음을 전제로 한다는 것은 명확하다.

그래도 가야 한다

아　들 : 어머니, 저 내일 교회에 가기 싫어요.

어머니 : 그게 무슨 말이야? 주일인데.

아　들 : 내일 김 장로님이 기도하는데 보나마나 또 지루하게 길
게 할 거라고요.

어머니 : 그래도 가야지.

아　들 : 게다가 성가대는 도대체 화음도 안 맞잖아요.

어머니 : 그래도 가야지.

아　들 : 저 내일은 늦잠자고 싶어요.

어머니 : 얘야, 그래도 가야 한다. 넌 우리 교회 담임 목사잖니.

　사람은 똑같다. 그러나 위치와 하는 일에 따라 행위가 바뀌
고 해야만 하기에 하기 싫어도 해야 할 일이 있다. 힘들지라도
나와 남을 위해 꼭 해야 한다면 분명한 건 그걸 지금 해야 한다
는 것이다.

　그렇게 해내고야 마는 것이 우리의 소명이다.

　괴롭고 두려워도 굳세게 마음을 먹고 다시 한 번 일어서자.

　그 뒤에 상쾌한 나를 만나자.

열일곱.

평소 안 친한 사람에게 기분 좋게 얼굴 도장 찍기

요즘 학교에 다니면서 활용하는 방법이다.

사람은 지내다 보면 모든 사람과 어울릴 수는 없다. 그러나 네 편, 내 편 하며 끼리끼리만 어울리는 것도 바람직하지는 않다. 좋아하거나 싫어하거나, 호감은 가는데 말을 못 걸거나, 별론데 어쩔 수 없이 말을 해야 하거나 하는 경우도 있다. 사실 자신의 이미지를 위하여서는 괜히 적을 만들거나 구분해서 지낼 필요는 없다. 그렇다면 상대에게 호감있는 사람으로 보이고 좋은 이미지로 만들려면 어떤 방법이 있을까?

동서고금을 막론하고 말 걸기의 가장 좋은 방법은 '웃으며 인사하기'이다. 뻔히 아는 사람인데 인사를 하지 않으면 괜히 마음이 상한다. 웃음은 나와 상대의 마음을 열어준다.

가끔 인사를 처음 받으면, 놀란 토끼눈을 하고는 성격상 쫌 어색하게 "아, 예예!" 하면서 얼른 획 돌아가는 사람이 있다. 사실 속으로는 "뭐, 저런 게 있어!" 하면서 기분은 좋지 않지만 말이다.

친해지고 싶은데 어려운 사람이나, 괜히 쌀쌀맞을 것 같아 선뜻 말을 걸기 어려운 사람이 있다면 이것만은 알아두자. 절대! 당신을 싫어해서 그렇게 쌀쌀맞게 구는 건 아니라는 것. 절대!

그 사람이 지금 상황이 어색한 것뿐이고 마음의 준비가 아직 안된 것뿐이다. 당신이 한 번 친절한 미소와 인사를 보내면 그 모습과 행동은 상대의 마음 어딘가에 차곡차곡 쌓인다. 그래서 언젠가는 당신의 미소와 인사에 자연스러워질 것이다.

단박에 변하는 것은 없다.
계속 쌓여 가는 것이다.

열여덟.

그 다음엔 말 걸기

사람들은 대부분 자신과 말을 섞어보지 않은 사람은 빨리 평가하고, 또 인사를 잘 하지 않는 사람은 "싸가지가 없다."느니 하면서 속이 상하지만 괜히 자신이 속이 좁은 사람으로 보일까 봐 말도 못하고 자신의 자존심을 최대한 다치지 않으려 무시로 일관해버리기 일쑤다.

하지만 인간관계로 이루어진 우리의 삶 속에서 이런 모습은 자신과 서로와 조직을 위해서 결코 도움이 되지 않는다. 말을 건다는 건 사람에 따라서 많은 용기가 필요하다. 학교나 교회 같은 그나마 편하고 익숙한 공간에서는 어느 정도 통하지만, 경쟁이 치열한 직장이나 처음 가는 여럿이 모이는 모임 같은 곳에서는 선뜻 말을 건넨다는 게 쉽지는 않다. '가랑비에 속옷 젖는다.'라는 속담이 있다.

'나와 상대가 모두 기분 좋은 말 걸고 친해지기 법칙'을 정리하자면 이렇다.

첫째, 말 걸고 싶은 사람이나 친하고 싶지 않은 사람에게도 누구를 막론하고 무조건 '웃으며 인사하기.'

둘째, 볼 때마다 '한 가지씩 칭찬하기.' 칭찬하기의 방법은 처음엔 "옷이 잘 어울린다."도 좋고 "가방 예쁘다."도 좋지만 그런 멘트는 처음 몇 번이면 족하고, 상대의 마음이 훈훈해지는 칭찬은 그 사람의 행동이나 성품에 관한 것이면 좋다.

예를 들어 "내가 항상 ○○씨를 보면 매사에 열심히 하시는 것 같아 볼 때마다 도전이 됩니다." 어렵다면 가볍게 "볼 때마다 느끼는 건데 매사에 참 차분하신 것 같아요.(그렇든지, 그렇지 않든지)" 이렇게 해서 상대가 "아니에요."라고 하고 거기서 대화가 끝나도 그 대화의 승자는 당신이다.

셋째, '항상 밝음을 유지하도록 노력하라.'

넷째, '상대가 관심 있어 하는 것이나 충분히 알만한 내용을 질문하라.'

그런 다음 꼭 고맙다고 눈을 보고 웃으며 말하라!
하루에 한 가지씩만 하라!

열아홉.

이미지 살리는 대화의 비법 질문하기

〈유머 스피치 아카데미〉에 오시는 분들의 대부분은 말하기에 어려움을 호소한다. 딱히 그렇지 않더라도 지극히 일상적인 밋밋한 대화 내용으로 상대에게 주도권을 빼앗기고 끌려가거나 몇 마디를 하고 나면 대화의 내용이 말라 버린다. 흔히 자주 만나는 사람과는 할 이야기가 더 많고 가끔 만나는 사람과는 할 말이 없다고 한다. 그 이유는 공감할 만한 공동의 소재가 없기 때문이다.

그런데 어떻게 소재 거리가 없는데 공감을 만들어 내는가? 간단하다. 질문하는 것이다. 드라마나 영화에서 낯선 사람과 친해지는 계기는 "고향이 어디세요? 어디 사세요?" 등 질문에서 기인하는 경우가 많다. 질문은 신기하게도 서로에게 호기심을 일으킨다. '잠깐의 긴장', '잠깐의 상황 전환'이 기분을 바꾸어 놓기 때문이다.

추리물을 좋아하는 이유도 사람들의 호기심 때문이다.

어느 날, 교회에서 평소에 잘 알고 지내는 연세 지긋하신 집사님이 나에게 쓰윽 다가오더니 하시는 말씀.

"집사님 기도 덕분에 제 막내아들이 장신대학원에 들어갔습니다. 감사 합니다" 하는 것이었다. 나는 이 분이 난데없이 무슨 말씀을 하시나 하고 어리둥절했다. 사실 그 분의 아들을 위해, 기도 한 적도 없고 그 분의 자녀 중에 막내가 아들 인지도 몰랐다.

그렇다면 그 분은 왜 나한테 막내아들 이야기를 했을까?

이유는 하나! 자랑 하고 싶어서 이다.

이럴 때 그냥 "아, 잘 되었네요" 라고만 하고 끝나면 안 된다.

이때 바로 서로 공감 할 수 있는 접점을 찾으려면 '질문하기'가 꼭 필요하다.

"아 ~ 그러세요? 잘 되었네요? 어디 들어갔어요?" 부터 시작해서 모조리 물어 보고 "잘 되었네요!"를 연발해야 한다.

연세가 지긋한 분들은 물어 봐 주는것과 잘 들어 주는 것을 무엇보다 좋아한다.

자식이 잘 되었을 때 자식 자랑 하고픈 건 모든 부모들의 인지상정이다.

여기서 보너스 하나를 덧붙이자면 막내라는 것에 착안하여 "그럼 막내면 위에는 자제분이 몇 분이세요? 그 분들도 잘 되었겠네요"

이런 식으로 모조리 물어보고 "다 아버지가 잘 하셔서 그런 거죠" 라고 하면 된다. 나에게 부럽다는 소리를 듣고 싶어 하는 그 분을 올려 주어야 한다.

'잘 되었네요'를 연발 할 때는 상대의 이야기가 끝나자마자. 그리고 말 할 때는 상대의 눈이나 입을 항상 주시해야 한다. 즉 '적극적 경청'의 자세다.

1년여가 지난 지금도 그 분은 나를 보기만 하면 길 건너편에서도 큰 소리로 인사를 건네거나 뛰어와 악수를 청하신다.

어느 누구에게나 이런 대화 방법으로 이야기를 나눈다면 상대방은 당신을 예의 바르고 남의 말을 귀담아 들을 줄 아는 넉넉한 사람으로 인식 할 것이고, 알아주고 경청하고 맞장구 쳐주는 능력은 상대방에게 당신의 이미지를 살리고 좋은 사람으로 기억되는 계기를 마련하게 된다.

알아주고 맞장구 쳐주고 질문하기는
이미지 살리기의 핵심이다.

학원에 다녀요

부인 1: 매일 어디 다니세요?

부인 2: 저요? 네, 남편이 끼니 때 마다 반찬이 없다는 얘기를 하도 해서, 학원에 좀 다녀요.

부인 1: 아, 요리학원에 다니세요?

부인 2: 아뇨! 유도학원에요. 불평하면 던져 버리게요.

무시무시하고 웃기지만 웃지 못 할 유머다.

반찬이 맛없어도 "당신이 해 주니깐 맛있어~" 하면서 맛있게 먹어 주는 배려가 참 필요 하다.

말 한 마디라도 누군가를 배려 한다는 건, 자신과 상대의 마음 밭에 사랑을 심는 것이다.

가정에서 피어나는 삶의 향기

가정을 살리는 휴먼 스피치

하나.

행복도 연습하고 배워야 한다

우리의 목표는 행복이다. 조금 더 행복한 삶을 위해 배우고 일한다. 그런데 물질적인 충족만으로 행복해지는 것은 아니다. 또한 행복은 저절로 오는 것이 아니라 연습하고 배워야 한다는 데 매력이 있다.

행복을 연습한다? 행복해서 웃거나 행복감을 느끼는 것이 아니라 행복을 선택하는 것이다. 노력해서 행복해질 수 있다면 기꺼이 할 용의가 있지 않은가? 행복이란 내가 살아가는 이 삶을 어떻게 해석하느냐에 따른 것이다. 이것이 전부라고 해도 과언이 아닐 정도로 삶을 바라보는 시선은 중요하고 또한 우리 행복의 척도이다.

시대가 흐를수록 점점 어린 나이에도 우울증을 호소하는 일이 많아졌다. 때문에 세상을 좀 더 유쾌한 시선으로 바라보게 하는 유머는 영어를 배우듯 어릴수록 좋다.

얼마 전 잠실 석촌호수에서 매주 진행 하던 〈웃음&유머클럽〉에서의 일이다. 한 아빠가 초등학생 아들과 딸을 데리고 나와서 강의를 들으며 함께 열심히 웃고 있는 것이 아닌가. 강의를 마치고 하도 많이 웃어서 얼굴이 발갛게 상기된 아이들의 아빠에게 여쭈어 보았다.

"대단하세요! 이런 곳에 아드님하고 따님과 오시는 게 쉬운 일이 아닌데 참 멋져 보이세요. 어떤 마음으로 오셨어요?"

그때 아이들의 아버지가 한 말씀은 내가 이 글을 쓰게 되는 확신을 가지게 했다.

"일단 웃는 게 좋잖아요. 웃으면 사람이 긍정적이 되고요. 사회생활 해보면 공부 잘 하고 그런 거 아무 소용없더라고요. 잘 웃고 유머가 넘치고 행복해 보이는 게 사람도 얻고 성공으로 가는 지름길이더라고요. 그래서 공부는 내일 하라고 하고 데리고 나왔습니다."

유머 발전소의 최규상 소장님과 매달 진행했던 〈셀프유머코칭 세미나〉에 오신 한 여성분은 서먹한 남편과 관계를 개선하고자 시간을 정해 놓고 재미있는 핸드폰 문자를 주고받는다고 한다. 또 다 큰 자녀들과는 저녁식사 때 한 가지 유머를 의무적으로 하기로 했다고 한다. 처음에는 어색해 하고 오늘은 안하면 안 되냐고 버티던 남편은 이젠 오늘은 어떤 웃기는 문자가 올까 기다리고, 자녀들도 인터넷이나 책에서 유머를 뒤지고 서로 웃기는 유머를 엄마에게 해주려고 경쟁한다고 한다. 웃기지 않아도 그냥 웃어 줌으로써 서로의 기분이 살아났다고 했다.

웃음과 유머로 가정이
살아나는 것이다.

지워지지 않는 것

삼행시로 삼행시를 지어 보자.

삼: 삼(샴)푸로 머리를 감았다.

행: 행(헹)궈도 헹궈도 거품이 지워지지 않는다.

시: 씨 이이, 퐁퐁 이잖아!!!

지우려 해도 지워지지 않는 것이 누구에게나 있다.

그것이 그리움이고 애틋한 사랑 이라면 간직해도 좋겠지만

가까운 사람에게서 상처 받고, 용서 되지 못한, 지워지지 않는

무엇이 있다면,

사는 것이 고행이고 아픔 일 것이다. 묵은 앙금이 있으면 씻어

내고 한 번 더 웃음으로 덮어 주며 사랑하자.

힘들어도 그리하자. 그것이 내가 행복해지는 지름길이다.

둘.

사람이 보약이다

신혼 때 1년만 아내와 살다가 지금은 부모님과 함께 산 지 9년째다. 요즘은 아주 좋아지셨지만 얼마 전만 해도 매일 술 드시고 싫은 소리하는 아버지와는 함께 살지 않겠다고 다짐하고 다짐했지만 안쓰럽고 감사한 마음에 가족이란 이름으로 미운 정, 고운 정 들며 잘 지내고 있다.

3년 전 아버지와 그리 편치 않은 일로 아버지가 6일 동안 고모님 댁에 가 계셨다. 42개월 된 아들 현서는 매일 자기와 놀아주던 할아버지가 안보이니까 꽤나 궁금하고 불안했던지 밥도 잘 먹지 않고 짜증을 냈다.

"하야버지는 왜 나한테 말도 안하고 고모할머니 집에 가서 안오는 거야~?"

　아이의 말에 깜짝 놀랐다. 아내와 어머니, 나는 솔직히 조금
더 지나서 아버님을 만나고 싶었지만 자의 반, 타의 반 아버지는
다시 오셨고 아들 녀석은 좋다고 뛰어 놀았다. 아버님을 뵙고 그
래도 내가 먼저 말을 해야겠다 싶어서.
　"왜 이렇게 살이 빠졌어요? 보신탕 해놨으니까 그거 드세요."
　"어, 그래. 3일째 되니까 현서가 그렇게 보고 싶더라."

　이렇게 다시 시작된 동거.
　그 일이 있고 얼마 되지 않아 부모님만 서산에 있는 여동생네
로 휴가를 떠나셨다. 아내와 나는 몇 년 만에 느껴보는 오붓한
시간이냐며 좋아했는데, 현서가 이틀 동안 또 짜증을 내는 것
이었다.
　사람이 든 자리는 몰라도 난 자리는 표가 난다고 나이 40이 다
되고 가정을 꾸리는 가장이 됐는데도 부모님이 잠시지만 계시지
않은 자리가 무척 크게 느껴졌다.

　휴가를 다녀온 뒤 어머니가 현서에게 물어 보았다.
　"현서야! 너 왜 이틀 동안 엄마, 아빠 힘들게 짜증냈어?"
　"함머니, 하야버지 보고 싶어서."
　아이의 말에 가족들은 찡한 눈시울을 머금고 모두 한바탕 웃

었다.

얼마 전엔 간호사인 아내는 근무라 밤늦게 오고, 할아버지도 요즘 일을 하시느라 아직 안 오셨고, 어머니는 수요예배를 드리러 가셔서 집안에는 현서와 나 둘 뿐이었다. 현서와 단둘이 있으면서 내가 책을 읽어 주며 재우던 때 일이다.

책 제목은 〈할머니는 잔소리 대왕〉. 책을 다 읽어 주고 "현서야, 이제 자자." 하고는 불을 껐다. 내가 잠깐 잠이 들었을까, 현서가 훌쩍거리는 소리에 깜짝 놀라서 현서를 안으며 말했다.
"현서야, 왜 그래?"
현서는 깜깜한 방에서 눈물을 흘리고 서럽게 훌쩍거리며 나에게 말했다.
"아빠, 노인 다음엔 하늘나라야?"
난 현서의 느닷없는 말에
"그렇겠지? 노인 다음에는 하늘나라겠지?"
"그럼 하늘나라에 가면 못 와?"
그래서 나는 별 뜻 없이
"그렇지, 하늘나라에 가면 못 오는 거야."

현서는 하늘나라에 가면 못 온다는 내 말이 끝나기가 무섭게 더 크게 울기 시작했다. 나는 현서가 왜 이럴까 하고 걱정되면서도 마음 한 켠이 따스해졌다.

현서는 잠시 저녁 시간 동안 아빠 하고만 있었던 것이 불안했었나 보다. 항상 함께 있던 할머니도 안 보이고 또 할머니에 관한 책을 읽어서 더 보고 싶었나 보다. 잠시 후 어머니가 오셨고 나는 현서를 달래면서 말했다.

"현서가 할머니, 할아버지가 보고 싶구나. 할머니 오셨나 보다. 이쪽으로 오시라고 할까?"

현서는 고개를 끄덕였다. 자초지종을 어머니에게 짧게 말한 뒤 할머니와 현서의 눈물겨운 상봉!

할머니가 현서에게 말했다.

"아이구, 우리 예쁜 현서가 할머니 보고 싶어서 울었어? 할머니 진짜 행복한데?"

어머니와 나는 현서의 행동에 가슴이 찡하고 푸근했다. 현서의 마음이 참 예쁘고, 사랑스러웠다.

유행가 가사처럼 "있을 때 잘해."라는 말이 맞다.

사람은 얽히고설키어 부대끼며 힘들게도 하지만 이제 다시 알았다. 사람이 보약이다. 사람의 입에서 나오는 말 한마디가 보약이다.

아이에게서 배웠다. 사랑은 동사(動詞)다. 사랑한다는 감정은 사랑하는 행동에서 나온 결심이다. 누구에겐가 사랑의 느낌이 들지 않을 때 더욱 사랑하자. 사랑은 상대의 말에 귀 기울이고, 공감하고, 항상 감사하기로 결심하는 것이며, 사랑은 사랑하는 행위를 통해 실현하는 하나의 가치이다.

우리는 항상 어떤 현실에 처해 있다. 많은 사람의 가치관과 선택의 차이로 누구는 사랑하고 행복하며 어떤 이는 그렇지 못하다. 삶을 바라보는 태도. 그건 사랑에 대한 태도와 비례한다.

사랑하자. 내가 살고 가족을 살리기 위해 이제는 더욱 그리하자. 여러분의 가족, 여러분의 아내, 여러분의 자녀. 사랑은 느낌이 아니고 몸과 마음을 움직이기로 결심하는 것이다.

사랑은 엄연한 동사이다.

아이가 운다.

엄마 : 이제 그만 울어. 응?
(그래도 아이는 계속 울기만 한다.)
엄마 : 엄마가 그만 울랬지? 응? 왜 계속 우는 거야?

아이 : '뚝'이라고 안했잖아.

우리는 감정에 휩쓸릴 때가 있다. 그런데 오해하는 것은 화가 나거나 기분이 나쁘거나 우울할 때 드는 기분을 자기 자신으로 착각한다는 것이다. 그러면 우리는 감정이라는 강물에 빠져 그저 떠내려간다.

세상 모든 사람이 불행하다 외쳐도 이제 기필코 '당신만은 행복 하라.' 그 강물에서 발을 빼라. 그래서 행복하고 가벼운 기분으로 우리를 이끌어 내야만 한다. 우리는 감정에 휘말려 실수할 때가 많이 있다.

지나면 후회한다. 그 감정이 자신이 아니기 때문이다.
그럴 때 외쳐라. 뚝!

셋.

남편 새끼, 자식새끼

예전에 공주 문예회관에서 강의를 했을 때 일이다. 강의가 끝나고 한 분이 상담할 게 있다며 오셨다. 평소 강의할 때는 흔치 않은 일이라 쭈뼛거리며 한적한 곳으로 자리를 옮겼다. 강의 중에 많이 웃어서 상기된 표정이기는 했지만 어딘지 모르게 어두운 구석이 비쳤다. 그리고 하시는 말씀.

"소장님, 강의 정말 재미있게 잘들었습니다. 이렇게 웃어 본지가 얼마만인가 싶어요. 근데 제가 잘못된 건지 웃으려고 하면 남편 새끼 생각나고, 또 웃으려고 하면 자식새끼 생각나서 웃음이 뚝 끊어져요."

나는 '남편 새끼'라는 말에 웃음이 나오려 했지만 그 속에 담긴 한스러움이 느껴져서 그럴 수는 없었다. 그 날 그곳에서 강의를 들으시는 분들의 대부분이 주로 간병인이나 요양보호사 일을 하시는 그야말로 어렵지만 열심히 사시는 분들이었다.

당신 자신은 열심히 살아보려고 일하는데 속 썩이는 남편과 자식 때문에 웃음이 사라진 것이다. 우리는 마음껏 웃지 못한다.

'내가 지금 웃을 때가 아니지.'라는 생각 때문이다. 그럼에도 불구하고 분명한 것은 지금이 웃을 때이다.

어느 날 아들 현서에게 "오늘 재미있었던 일이 뭐였어?" 하고 묻자 대뜸 "눈치 본 거!"라고 하는 거다. 나는 내심 걱정이 되어서
"현서야 무슨 소리야? 오늘 무슨 일 있었어?" 하자 어항으로 내 손을 잡고 가더니 어항 속에 있는 물고기 한 마리를 가리키며 하는 말. "이게 눈치야. 외할아버지가 주셨어." 하는 거다. 얼마나 웃었던지.

우리는 행복해야 한다. 모든 나의 처지나 여건이 만족스러울 수만은 없다. 세상이 나의 행복을 염치없이 갉아먹지 않도록 눈치 보지 말고 웃자.

그들의 손에서
이제 나의 행복을 걷어오자.

넷.

당신 변한 거 알지?

지하철 2,3,4호선 서울 메트로 임원 분들을 모시고 강의를 수 차례 진행한 한 달 여 후에 그때 강의를 들으셨다며 본사에서 강의를 요청해 오신 부장님 이야기이다. 전화를 하시고는 대뜸 "저 전에 용인 한화리조트에서 소장님 강의를 감명 깊게 들은 서울 메트로 아무개 부장입니다."라고 말씀하셨다.

솔직히 이름만으로는 알 수 없었지만 반갑게 "아, 그렇습니까? 실례지만 몇 차에 들으셨는지요?"라고 실례를 무릅쓰고 여쭈었더니 "2차 때 소장님 보시기에 오른쪽에서 두 번째 맨 끝에 앉아 있었습니다."라고 친절하게 말씀해 주셔서 알 수 있었다. 창백한 얼굴로 잘 웃지 않았던 그 얼굴을 내가 잊을 수 없었기에 정확히 그 부장님의 얼굴이 떠올랐다.

"아, 기억나고말고요. 잘계시죠?"

강의를 의뢰하시면서 하시는 말씀.

"저희 직원들에게 꼭 소장님 강의를 들려주고 싶었습니다."

그분의 목소리는 생기가 있었고 용인에서 뵈었을 때의 모습이 아닐 것 같다는 느낌이 전화 통화만으로도 느껴졌다. 강사로서 이럴 때가 가장 보람 있고 자부심을 느낀다.

며칠 뒤 사당동 서울 메트로 본사에서 그분을 뵈었을 때는 예상대로 밝고 상기된 표정이었다. 강의장에 사람들이 들어오고 준비하는 동안 부장님은 참았다는듯 말문을 여셨다.

"소장님, 저에게 많은 변화가 있었습니다. 제 표정을 보고 아셨겠지만 저는 웃음이란 걸 모르고 살았습니다. 치열하게 살았고 모든 걸 사무적으로 처리하곤 했지요. 그런데 소장님의 강의를 듣고 제가 변했습니다. 집에 돌아와서 가족들과 웃기 시작했습니다. 아내와 자식들은 처음에는 어색해 하더니 이제는 정말 행복해 합니다.

특히 아내가 밝아졌고 살맛이 난다고 합니다. 엊그제 아침에 출근하는데 평소 같으면 식탁에 반찬 그릇을 치우면서 다녀오라고 하던 아내가 따라 나오면서 이러더라고요. '당신 변한 거 알지?' 저는 '뭐 또 잘못했나.' 싶어 고개를 돌리는데 세상에서 가장 행복해 보이는 아내의 얼굴을 보았습니다. 아내는 지금까지 20년 넘게 산 것보다 요즘 2주간이 더 즐겁답니다. 그냥 웃은 것뿐인데 가족이 살고 제가 살았습니다."

　그날 나는 아침, 점심도 못 먹고 강의를 했지만 힘이 새록새록 올라왔다. 가족 중에 한 사람만 웃으면 가족이 살아난다. 조직 중에 유쾌한 한 사람으로 조직은 건재하다.

　사람을 살리는 일이 더욱 행복하고
　가슴 뜨겁게 다가오던 날이었다.

다섯.

물감 떨어뜨리기

요즘 아들 녀석이 목감기에 콧물, 열도 가끔씩 오르고, 윗입술 안쪽과 입 안쪽이 부르터서 가뜩이나 밥을 잘 안먹는데 먹지도 못하고 짜증만 늘어간다. 간호사인 아내도 하루 종일 일하고 오느라 힘들 텐데 해열제를 먹고 열만 내리면 엄마만 졸졸졸 따라다니며 힘들게 한다. 이럴 땐 남편으로서, 아빠로서 어떻게 해야 할지…. 자기 몸이 아프니까 엄마만 찾으며 계속 울 때도 있는데 그럴 때면 안쓰럽기도 하다. 아내도 몸살감기로 고생하는데 아내에게만 아이가 매달리니까 아내도 힘들었던지.

"현서야, 엄마도 많이 아프고 힘들어. 너 계속 그러면 엄마 딴데로 간다?"

위협적인 말로 달래기도 해 보지만 아들은 막무가내로 자기 마음을 알아주지 않는 엄마가 야속할 따름이다.

어제는 일찍 들어와 아들 녀석과 함께 놀았다. 한참 놀다가 "현서야 엄마 언제 오나 전화해 봐서 버스 정류장에 마중 나갈까?" 했더니 하루 종일 할머니랑 집에 있어 답답했는지 "그래!" 하며 신이 나서 깡충깡충 뛰는 모습이 얼마나 행복해 보이는지 순간 내 마음도 따스해졌다.

주섬주섬 혼자서 옷도 입고, 신발도 혼자 신고, 골목을 지나 손을 꼭 잡고 걸어가는데 아파서 힘이 드는지 안아달라고 두 팔을 벌린다.

"안아줘?"

"응."

요즘 허리에 담이 걸려 조금 아프긴 했지만 이제 제법 묵직해진 아들 녀석을 두 팔로 꼬—옥 안으니 행복감이 밀려 왔다. 아빠가 안아주니까 한없이 생글생글 좋아하는 현서에게 물어보았다.

"현서야! 아빠가 안아주니까 좋아?"

"응."

"현서야, 아빠는 현서 안고 있을 때 기분이 어떤지 알아?"

"………좋아!"

"야아, 어떻게 알았어? 현서야, 아빠는 현서가 내 아들이라서 정말 행복해!"

그 말을 듣고 현서는 쑥스러운 듯 혓바닥을 내밀고 나에게 포-옥 안겨 왔다. 현서는 내 얼굴을 만지고, 나는 연신 아들놈 볼에 뽀뽀를 해댔다. "현서야 아프지 마."라고 하면서.

엄마가 버스에서 내리고, 우리는 셋이서 꼭 껴안았다.
"엄마 보고 싶었어? 엄마도 현서 진짜 많이 보고 싶었어."
"둥근 해가 떴습니다~ 어디 어디 떴나~ 현서 얼굴에 떴지~♬"
동요를 부르고 웃으며 집으로 걸어오는 길. 이런 행복이 또 있을까?

현서는 몸이 아프면서 더욱 사랑이 고팠나보다. 엄마는 직장 일로 바빠서 늦게 오고, 아빠도 2주일 동안 10시가 넘어서 들어 오니 불안했나보다. 현서는 부르튼 입술로 밥도 조금씩 먹고 하룻밤 사이에 많이 달라졌다. 엄마와 아빠의 변함없는 사랑을 확인하고 마음이 놓였나보다.

사랑은 확인 시켜줘야 하고 확인 되어져야 한다. 지난 일은 추억이라 하며 그리워하지만 현실을 그리워하는 사람은 없다. 지금이라는 현실과 상황이 나에게 주어진 선물이라면, 미래에 지금을 추억이라 여길 수 있도록 그렇게 아름답게 만들어 가야 하지 않을까? 하루하루가 행복하고 아름다울 수 있도록 가장 가까운 가족에게, 아내에게, 자녀에게 따뜻한 말 한마디 건네 보면 어떨까?

　커다란 물통에 물감 한 방울 떨어뜨리면 표시도 나지 않고 사라져 버리지만 조금씩 꾸준히 한 방울씩 떨어뜨리면 어느새 물감의 색으로 물은 변한다. 작은 벽돌이 쌓여 아름다운 건물을 이루듯 무엇이든 하나부터, 한 걸음부터다.
　진심을 담은 따스한 말 한마디가 당신을 바꾸고, 가정을 바꿔서　결국 행복한 세상이 되지 않을까?

　지금 바로 해보라!
　"사랑한다."고. "곁에 있어서 정말 행복하다."고. "살아있어서 고맙다."고.

　말하기 쑥스러우면 그냥 꼭 안아주자.

아빠의 소원

아버지가 큰딸을 불러 엄숙한 얼굴로 말했다.

"어제 네 남자친구가 너랑 결혼하고 싶다더구나.

난 그 정도면 만족한다. 네 생각은 어떠냐?"

"하지만 아빠. 전 엄마, 아빠를 남겨두고 시집가는 게 너무 괴로워요."

그러자 아버지가 희망에 부푼 눈빛으로 말했다.

"그래? 그럼. 네 엄마도 함께 데리고 가면 안 되겠니?"

부부로 오래 살아간다는 건 어찌 보면 참 대단한 일이다. 오랜 시간 서로 다른 환경에서 지내다 죽을 때까지 함께하니. 서로 다른 환경에서 자라고 다른 생각을 가진 사람이 만나 살다 보면 힘도 들고, 권태롭기도 하지만 그러기에 더욱 사랑하며 살아야 하는 것 같다. 결국 나의 만족을 위해서이지만 돌아보면 얼마나 사랑스러운 가족인가.

아내, 자녀, 부모. 모두 참 소중한 인생의 에너지다.

그 가족이라는 이름엔 희망과 애틋함이 숨 쉬고 있다.

여섯.

내 마음도 있지

어제 아내가 음식 준비를 하면서 나에게 빨래를 널어 달라고 했다. 나는 TV를 보다가 주섬주섬 세탁기에서 빨래를 꺼내 방에 있는 빨래 건조대에 널고 있었다. 그런데 빨래 양이 만만치가 않고 귀찮아서 꾀를 부렸다.

"현서야, 아빠하고 빨래 널자!"

현서는 한국나이로 7살이지만 만으로 5년 3개월째 되는 외아들이다. 혼자여서 그런지 이 녀석이 어찌나 지기를 싫어하는지…. 아빠와 빨래를 너는 것도 저에게는 경쟁이었나 보다. 내가 위에까지 빨래를 빨리 널자 샘이 났는지 조그만 의자를 가지고 와서 힘들게 널기 시작했다. 그러다가 힘이 부치는지 빨래를 털어서 널라는 둥, 아빠는 이쪽에는 널지 말라는 둥 조금씩 트집을 잡기 시작하더니 급기야 소리를 지르며 울기 시작했다. 나는 현서가 밑도 끝도 없이 생트집을 잡는다고 생각하고는 "그러면 너 혼자 널어!"라고 말하고 나와 버렸다.

싱크대 쪽으로 가서 요리를 하고 있는 아내에게 "오~잘하는데?"라고 했더니 현서는 자기보다 엄마가 잘한다고 들었는지 더 크게 울었다. 현서는 계속 울었고 아내는 "뭘 시키지를 못해요, 애를 왜 울려." 하며 나에게 눈을 흘기고는 현서를 안았다. 참 이러지도 저러지도 못하고 괜히 속상했다. 이유야 어떻든지 간에 아빠가 아들을 달래야지 어찌하겠나 싶어 현서를 안고 말했다.

"왜 그래, 현서야. 아빠는 그런 마음이 아니었는데. 네가 이렇게 울기만 하니까 속상해."

현서는 아직 분이 덜 풀렸는지 큰소리로 이런 말, 저런 말을 했다. 하지만 나는 단호하게 말했다.

"현서야, 소리 좀 낮춰서 조용히 말해. 아빠 다 들리니까." 그랬더니 조금 뒤 울음을 그치고 흐느끼면서 말했다.

"이제 아빠는 빨래 아래 맨 끝에만 널어!"

"알았어. 이제 아빠는 맨 끝에만 널게. 그런데 현서야 아빠는 네가 이유 없이 울고 떼쓰는 것 같아 속상해."

그때 내 마음을 때리는 현서의 한마디.

"아빠 마음만 있어? 내 마음도 있지!"

어떻게 아이 입에서 이런 말이 나올 수 있나 싶어서 나는 너무 놀랐다. 많이 반성하고 생각했다.

'그렇구나. 내 마음만 있는 것이 아니구나. 현서의 마음도 있구나. 사람의 마음을 따스하게 하고 기쁘게 하는 직업을 가진 내가 아들에게도 마음이 있다는 걸 잠시 잊었구나.'

이유야 어찌 됐든 아들과의 유치한 다툼을 통해 커다란 깨달음을 얻었다.

누구에게나 마음이 있다. 내 마음과 맞는 마음을 만나면 기분도 좋고 부드럽다. 그러나 나와 다른 마음과 만나면 아프다. 어떤 마음과 만나도 아프지 않고, 나로 인해 누군가가 아파하지 않도록 내 마음을 잘 가꾸어야 하겠다.

내 마음도 있고
네 마음도 있구나

우보천리 (牛步千里)

손　님: 아줌마! 이 어묵 하나에 얼마예요?
아줌마: (혀가 짧은 아줌마) 응! 오띠 번!
손　님: 네? 얼마라고요? 좀 또박또박 말씀해 주세요.

아줌마: 잘들어. 띠번! 띠번! 띠번! 띠번! 띠번!

　인생은 속도가 아니라 방향이다. 내가 어디로 가는지 알 수 있는 방법은 한 걸음, 한 걸음 그 방향으로 가는지 확인하는 것이다. 행복과 성공으로 가는 길 또한 간단하다.
　우보천리(牛步千里)라는 말이 있다. 행복은 소의 걸음처럼 불완전하고 느려 보이지만 뚜벅뚜벅 걸어가는 그러한 연습을 오늘도, 내일도 하는 습관에 달려있다. 매일 웃은 습관, 행복해지는 습관을 몸에 익힌 당신은 이미 행복과 성공으로 향하고 있다.

일곱.

다름에 관하여

시부모님이랑 함께 사는 며느리는 시부모님이 아무리 잘해줘
도 스트레스가 있기 마련이다. 그에 못지않게 시부모님도 스트
레스는 있다. 30년을 넘게 다른 환경에서 살다가 한 집에서 서
로에게 맞추고 살아간다는 것이 쉬운 일은 아니기에 어려움은
있지만 모두의 바람이 화목과 행복인 것은 분명하다.

작년 겨울. 어머니와 아내가 맘이 불편했던 적이 있었다. 중간
에서 나는 이러지도 저러지도 못하고 참 괴로웠다. 간호사인 아
내가 낮에 집에 있으면 어머니는 나가서 한참 후에 들어오시곤
했다. 집안에 어느새 웃음이 사라지고 냉랭한 기운이 돌기 시작
한 뒤 집에 들어오면 숨이 막힐 것 같았다. 무언가 실마리를 풀

어야 할 것 같아서 불편한 동거가 시작된 지 며칠이 지나 아내에게 제안을 했다.

"당신이 잘했건, 잘못했건 먼저 잘못했다고 말하는 것이 낫지 않을까?"

아내는 조금 망설이는 듯했다.

"좀 쑥스러우면 문자로 보내던지."

"알았어, 나도 그렇게 하려고 했어."

그날 오후 강의를 마치고 핸드폰을 확인하는데 문자가 와 있었다. 아내가 어머니에게 보낸 문자와 어머니가 아내에게 답문을 보낸 것을 나에게 보내왔다.

어머니, 많이 속상하셨죠.

죄송해요. 현서도 봐주시고.

제가 고마운 걸 왜 모르겠어요.

이해하고 감사하는 마음으로 노력할게요.

이에 대한 어머니의 답문

그래, 문자 보내줘서 고맙다. 자고 있어라. 현서는 내가 데리러 갈게. 네 말대로 우리 이해하고 노력하며 살자.

강의를 마치고 돌아오는 길. 아내와 어머니가 주고받은 짧은 문자가 진한 감동과 감사함으로 다가왔다.

"노력하며 살자."

우리는 완벽하지 않다. 마음이 안 맞으면 아프다. 그래도 살아야 한다면 노력해야 한다. 어디 내 마음 같은 사람이 있는가. 어렵지만 이해하며, 노력하며 살면 된다.

먹은 음식이 순서대로 소화가 잘 안되면 체하고 몸에 무리가 온다. 톱니바퀴의 이가 서로 맞지 않으면 작동을 하지 않고 부서져 버린다. 칼이나 톱도 이가 잘 서있지 않거나 날카롭지 않으면 잘 자를 수 없다. 가을이 가면 겨울이 오듯 자연도 질서가 있어야 사람에게도 유익을 준다. 직장이나 단체도 손발이 맞지 않으면 서로 불만이 쌓이고 힘이 든다.

그러나 어긋맞아도 잘살아야 되는 무엇이 있다. 그것은 가족이고 인간관계이다. 그 이유는 내가 소중한 사람이기에 그렇다. 살아가면서 가장 아픈 건 사랑하는 사람을 잃거나 사람에게 상처를 받았을 때이다. 그러나 아파하고 속상해하고 미워만 하기에는 나의 삶이 아깝다.

살다보면 내 마음 같지 않은 사람이 주위에 꼭 있다. 사람을 미워하고 좋아하는 건 인간의 본성이지만, 누구나 행복하고 잘 살기 위해 종교도 가지고 공부도 하고 마음을 정리하기도 한다.

사람은 어디까지나 사람이기에 미워할 수 있고, 속상해 할 수 있고 불평할 수 있다. 그런데 미워할수록, 속상해 할수록, 불평하면 할수록 아프고, 아프다.

'남을 손가락질 하면 나머지 네 손가락은 나를 향한다.'는 말이 있다. 또 예전에 "내 탓이오."라는 말이 한참 유행했던 것을 기억한다. 미워하는 마음은 마음과 몸을 상하게 하지만 용서하고 사랑하는 마음은 나를 건강하고 밝게 만들어 준다.

청호 나이스 연수원에서 강의가 있어서 갔을 때 사훈으로 보이는 글귀가 회장님의 존함과 함께 돌에 새겨져 있었다.

'닥치는 대로 살아라.'

이 말은 청호 그룹 정휘동 회장님의 친구 어머님이 100세를 일기로 세상을 떠나시면서 자식들에게 유언으로 남긴 말씀이다.

"내가 100년을 살고 보니, 인생을 살다보면 온갖 어려움이 닥치는데 그때마다 온 힘을 기울여 이겨내는 것이 지혜롭게 사는 비결이었다."

'온 힘을 기울여 이겨낸다.' 이제 더욱 지혜롭게 살자. 더 이상 아파하지 말고 온 힘을 기울여 이겨내자.

사람은 생/로/병/사, 희/노/애/락을 골라먹지 못한다. 그저 자기에게 다가오는 그것에 어떤 방식으로 반응하는지의 차이가 있을 뿐이다. 우리에게 많은 일들이 일어나지만 반응방식의 차이가 삶의 질의 차이로 다가온다.

바다는 비에 젖지 않는다. 거친 풍랑에도 바다는 그저 넉넉한 바다로 있는 것이다. 그러기 때문에 울적할 때나 마음이 상할 때 바다를 보면 숨이 탁 트이는 것 같기도 하나 보다.

'저 사람은 왜 저럴까?' 하면서 괴로워하지 말자. 흠이 들지만 그럴수록 끌어안고, 덮어주고, 사랑해 주자. 그 사람도 나처럼 꿈이 있을 것이고, 누구의 사랑하는 자녀이고 부모며, 누구보다 행복해하고 싶어 하는 사람 중에 한 사람인 것이다.

말을 안 듣는 아이가 있다면 회초리를 들기 전에 안아주자. 그 아이도 사랑을 받고 싶어 할 것이다. 마음에 안 드는 직장 동료가 있다면 따뜻한 밥 한 끼 사주자.

그리고 축복하고 인정하자.
그냥 나와 다른 것뿐이라고.

엄마가 싫어하는 사람

엄마와 어린 아들이 함께 전철을 타고 가던 중,
아들 녀석이 떠들고 장난을 쳐서 엄마가 화가 났다.
엄 마 : 조용히 좀 해라~ 딴 사람들이 시끄럽다고 하잖아!
그래도 막무가내로 떠드는 아이에게
엄 마 : 너, 엄마가 제일 싫어하는 사람이 누구라고 그랬어?

아 이 : 아빠!

평소에 엄마가 혼잣말이라도 "이 웬수 같은. 으이구~ 징그
러! 꼴도 보기 싫어!"라고 하지 않았다면 아이 입에서 "아빠"라
는 말은 나오지 않았을 것이다.

아이들은 부모가 하는 생각과 말을 금방 눈치 채고 바로 배운다.
마음은 그렇더라도 평소에 말조심! 생각조심!
당신의 자녀는 당신의 거울이다. "도대체 애가 누굴 닮아서
이래?"라고 말하지 마라. 바로 부모를 닮은 거다.

여덟.

사람은 무엇으로 사는가

   톨스토이의 단편 소설 〈사람은 무엇으로 사는가〉를 보면 마지막에 세 가지 물음이 나온다.

   인간의 내부에 있는 것은 무엇인가?
   인간에게 허락되지 않는 것은 무엇인가?
   사람은 무엇으로 사는가?

   첫 번째와 세 번째의 답은 사랑이고, 두 번째는 지혜이다.
   사람 모두가 갖고 있지만 결국 얻고 싶어 하는 건 '사랑'이다.

   밀레니엄, Y2K하면서 혼란스럽던 1999년 어느 날 방송에서 한 기자가 6학년 천재 소년에게 물었다.

"새로운 2000년이 오면 세상이 어떻게 변하고, 사람들은 어떻게 변할 것 같아요?"

"음~ 똑같이 그냥 살 것 같아요."

내가 지금 이 말이 생각나는 건 무슨 이유일까? 고도로 문명이 발달하고 문화를 꽃 피워도 결국 사람은 그냥 그렇게 살아간다는 것이다. 그리고 사람의 마음에 변하지 않는 무엇이 있다. 그 가운데 결국 사람이 원하는 건 행복해지고 싶다는 것, 그것은 단순하지만 풀기 힘든 명제이다.

그러나 나는 말하고 싶다. 세상이 급격하게 변하고 달나라로 여행을 가는 게 작금의 현실일지라도 인간의 본성, 그건 변하지 않을 것이라는 사실. 바빠지고 급변하며 산업과 문화가 고도로 발전하고 시간이 흘러가도 사람은 사람을 갈급해 한다. 살아간다는 건 사랑하는 것보다 아픔이 크다.

사랑은 두려움도 있지만 아름답다. 살아가는 것에 아름다움이 없다면 그건 이미 참고 견디고 살아내는 것이다. 습관처럼 말하는 사람이 있다. "내가 얼른 죽어야지.", "사는 게 지긋지긋해. 지겨워 죽겠어.", "왜 이렇게 사는 게 재미없지?"

지금부터 이 말을 야멸치게 버려라. 그 말과 함께 당신도 불행할 뿐만 아니라 주위의 모든 사람도 불행하다. 이 아름다운 세상을 견디며, 견뎌내며 산다는 건 슬픈 일이다. 결국엔 사랑이다.

아프더라도 사랑이 세상을 지혜롭게 살아가는 사람의 답이다.

사람은 무엇으로 사는가?
결국 사랑이다.

아홉.

가족이라는 이름

어느 날 아내가 남편과 사랑을 나누고 싶어서 남편이 오기만을 기다렸다. 드디어 남편 도착! 아내가 코맹맹이 소리로 "여보 왔어요?" 하며 뽀뽀를 하려고 하자, 남편이 소스라치게 놀라며 하는 말.

"이거 가족끼리 왜 이래!"

정이 없어지고 유대감이 사라진 부부의 모습을 극명하게 보여주는 것 같아서 언제 들어도 왠지 슬픈 유머다. 나는 아이러니하게도 유머는 슬픔에서 나오는지도 모른다고 생각한다. 현실에 대한 반발, 상실감, 바람, 욕구 등이 터지는 웃음으로 포장이 되어 두려워져만 가는 현실을 회피하려는 듯 보일 때가 있다.

특히 부부나 가족에 관한 유머는 따스함보다는 상실감과 억울함이 그 도를 넘는 것 같기도 하다. 나는 이런 현상을 볼 때 부부나 가족 구성원의 서로를 바라보는 시각과 불만족을 발견한다. 정치를 잘못하면 정치인에 관한 유머가 쏟아져 나오듯 말이다.

오래 전 젊은 여성 강사님 몇 분과 식사를 하면서 한 이야기이다.
"저는 밖에서 워낙 말을 많이 하니까 집에 들어가면 말을 안 해요."
"집에서까지 말을 하려니까 힘들고 짜증이 나요. 그래서 쉬려고요."
"저는 기분이 안 좋아서 들어가면 '엄마 나한테 말 시키지 마!'라고 하곤 방으로 들어가요."
엄마나 가족들은 어떻게 생각할까? 우리가 일하고 바쁘게 살아가는 이유가 무엇일까? 행복하게 되는 것이 목표라면서 왜 지금의 행복은 버리는가?

티베트의 정신적 지도자인 달라이 라마(Tenzin Gyatso)는 "세계 평화에 이바지 하고 싶습니까? 지금 바로 옆 사람에게 미소를 지어 주세요."라고 말했다.

참 좋아해서 내 명함에까지 새겨 넣은, 미국의 사상가 랄프 왈도 에머슨(Emerson, Ralph Waldo)의 글이 있다.
"성공이란, 자신이 한 때 이곳에 살았음으로 해서 단 한 사람의 인생이라도 행복해지는 것, 이것이 진정한 성공이다."

한 아이가 세계 2번째 부자인 워렌 버핏에게 물었다.
"성공이 뭐예요?"
한참을 생각하던 웨렌이 던진 말.
"가장 가까운 사람에게 존경받고 사랑받는 거란다."

가장 가까운 사람. 그래서 자칫 소홀하기 쉬운 사람. 바로 부부이고 가족이다. 이제 사랑하기에 더욱 가족에게 미소를 지어주고 서로를 행복하게 하며 성공하자.

매일, 매일 성공하자.

열.

결국엔 사랑입니다

작년 어느 날 어머니가 4,000원을 주고 꽃모종을 사와서 화분에 옮겨 심어 놓으셨다.

"와 예쁘다. 웬 꽃이야, 이름이 뭐야?"

"제라늄."

"제라늄? 많이 들어봤는데…. 참 탐스럽고 예쁘다."

내가 아주 어릴 적 가난한 시절, 어머니는 연탄불에 국수를 삶으려고 물을 끓이고 계셨다. 이제 막 걸음마를 떼고 아장거리며 방에서 걷다가 넘어지는 바람에 그만 펄펄 끓는 국수물에 두 손을 푹 담그고 말았다. 깜짝 놀라 내 손을 뺀 어머니는 이미 내 손이 오그라져 있는 것을 볼 수밖에 없었다. 당황한 나머지 어찌할 바를 모르고 있던 나와 가족에게 구원의 손길을 내민 건, 2층에 살던 이북에서 내려온 중년의 내외분이었다.

병원에 갈 엄두도 못 내던 시절. 그저 아이가 불쌍해서 온정을 베풀어 주신 것이다. 그분들은 오므라들고 물집이 잡혀 부풀어 오른 내 손의 살들을 핀셋으로 벗겨내고, 소독하고 미제 바셀린을 발라 주셨다.

붕대로 칭칭 동여맨 손으로 걷다가 기고, 또 약을 바르기를 한 달여 남짓. 나의 손은 씻은 듯이 나았고 이제 42살이 된 나는 흉터 하나 없이 이렇게 자유로이 손가락을 움직이고 있다.

어머니는 그분들에 대한 고마움이 너무 깊어 잊을 수 없다고 말씀하셨다. 그래서 40여년이 지난 지금, 그 중년의 부부가 늘 화분에 키우시던 '제라늄'을 방안에 들여 놓으셨다.

사람의 기억은 '흔적'으로 남는다. 그리고 그 흔적은 누군가의 길이 된다. 우리는 살아간다. 그렇게 살아가면서 나만을 바라보다 잊고 사는 것은 없는가?

단 한 번이라도 내가 누구에게 잊혀지지 않는 무엇이 되어 본 적이 있는가?

단 한 번이라도 어느 누구를 행복하게 해준 적이 있는가?

단 한 번이라도 누구를 위해 울어 본 적이 있는가?

단 한 번이라도 누구를 위해 기도한 적이 있는가?

그렇게 한 적이 있다면 당신은 이미 성공한 인생을 사는 것이다.

나를 치료해준 그 중년의 부부는 성공한 삶을 사신 것이다. 이미 나의 어머니에게 감사하는 마음과 행복감과 손가락이 멀쩡한 아들까지 주었으니 말이다.

지금 만나는 많은 사람들은 당신의 모든 모습을 기억하지 못할 수도 있다. 그러나 그 사랑이 쌓이고 미소가 쌓이던, 언젠가 그 누구에게 당신의 모습이 강한 흔적으로 남을 것이그 물이 파장을 일으키듯 당신의 행동 하나, 말 한마디가 누군가의 삶에 영향을 끼치고 그의 길이 되며 사람을 살린다.

이것이 바로 지금 우리가 살아가는 동안에
웃음과 사랑을 뿌려야 하는 이유다.

천천히

지각을 한 달구에게 선생님이 물었다.

'왜 이렇게 늦었지?'

표지판에 '학교 앞, 천천히 '라고 쓰여 있어서요.

다이어트를 하다가 포기 하는 이유는 금 새 살이 빠지지 않아서이다. 공부를 하다가 포기 하는 건 금 새 성적이 오르지 않기 때문이다. 어떤 일을 하다가 금 새 포기 하는 건 자기 기준의 결과가 빨리 보이지 않아서이고, 끈기가 부족해서다.

조급함 이라고 해야 할까?

그러나 결과를 낸 어느 누구도 조급함으로 미래를 포기 하진 않았다. 중요한건 내가 지금 그것을 하고 있느냐이다.

'개미'의 작가 베르나르 베르베르는 자기가 책을 꾸준히 낼 수 있는 이유는

"매일 정해진 시간에 글을 쓰는 것"이라고 말했다.

어느 누구도 매일 조금씩 그 일을 하는 사람을 따라 올 수는 없다.

'천천히' 하더라도 '꾸준히' 하면 분명히 결과는 아름답다.

파트포

남편들이 알아야할 부부의 기술

부부를 살리는
휴먼
스피치

하나.

엄마는 아빠를 싫어해

"엄마, 수영하고 싶어!"

"안 돼."

"왜 안 돼? 아빠는 수영하잖아."

"아빠는 보험 들었잖아!"

"결혼할 때는 이것 때문에 좋았는데, 결혼 후엔 이것 때문에 싫다."고 말한다. 살면서 콩깍지가 벗겨지면서 서로 애증의 관계로 변하는 것이다. 사람은 변하고 또 남녀의 서로 다른 기질 때문에 사랑하며 연애 때의 감정을 유지하며 살기는 힘들다. 현실과 생활이라는 굴레와 반복되는 일상 속에서 결혼 전의 환상은 현실로 다가오기 마련이다. 그래도 우리는 행복해야 한다. 마음이 담긴 아껴주는 말 한마디가 부부를 살린다.

얼마 전 인터넷으로 아버지를 검색하다가 '아버지 학교'에 사람이 몰린다는 기사를 접하고 생각했다. 한참 〈PD수첩〉이라는 시사 프로에서 위기의 아버지를 많이 다루었던 때였다.

나는 어릴 때부터 꿈이 있었다. 바로 '좋은 아버지'가 되는 것. 좋은 아버지가 꿈이라고 하면 사람들은 웃으면서 그랬다. "그게 꿈이냐? 결혼하면 되는 건데."

그런데 아버지 노릇하기가 쉬운 걸까? 어릴 적부터 술을 드시고 어머니와 싸우는 아버지를 많이 봐 와서일까? 중학교 시절부터 좋은 아버지가 되는 것이 최고의 꿈이 되었다.

나는 유머 스피치 강사로서 기업현장에서 강의를 많이 한다. 그런데 교육 프로그램을 보면 천편일률적으로 리더십, 조직 활성화 등 직장에서 성과를 낼 수 있는 프로그램으로 구성되었다. 그런데 문제는 조직원들이 행복해야 직장도 잘 돌아 간다는 걸 윗분들은 잘 모르는 것 같다.

아버지가 직장에서 돌아오면 모두가 방으로 들어가 버린다고 몇몇 아버지들이 푸념을 한다. 원인은 어디 있을까? 점점 가정이나 직장에서 '감정 생활라인'이 사라져 가기 때문이다. 말을 하면 통하지 않는다는 것.

이제는 가정의 존재 기본단위인
부부의 대화 체계를 바꿔야 할 때다.

고추장 된장

고추장과 된장이 결혼 했다.

첫날밤. 고추장이 된장에게 할 말이 있다며 입을 열었다.

고추장 : 저, 사실은 수입고추예요.

된　장 : (약간 당황했지만) 뭐? 괜찮아. 수입이면 어떻고, 국산이면 어때~

(내친김에 자기도 말을 해야겠다 싶던 된장) 나도 고백할 게 있는데..

고추장 : 뭔데요?

된　장 : 으응, 사실은 .... 나.... 똥이야!!

누구든지 숨기고 싶고 드러내기 꺼리는 아픔은 있다.

그러나 우리가 누구고, 돈이 많고 적고, 어디 출신이고, 학벌이 어떻고, 지위가 높고 낮고, 또 무엇이면 어떤가?

중요한 건 지금 내가 어떤 생각을 하며 사는가이다.

모두에게 똑같이 주어진 시간과 삶 속에서 그 인생을 해석하고 바라보는

태도가 곧 '나' 다. '생각이 자신이다'

어차피 살아가는 삶의 여정 속에서 우리는 행복의 조각을 주우며 가야 하겠다.

힘들어도 웃으며 사는 것이 현명한 삶이다.

새해가 되면 '새해 복 많이 받으세요!' 라고 덕담을 나눈다.

이제 '매일 복 받으세요' 로 바꾸자.

아니 "이미 받은 복을 잘 누리세요!" 라고 말하자. 모두들 마음껏 행복을 누리자.

둘.

부부는 행복해지고 싶다

조. 강. 지. 처에 관한 사행시.

조 금은
강 제적으로 만나
지 금은
처 치곤란

　이것이 '조강지처'의 뜻이란다. 슬픈 일이 아닐 수 없는 유머이
다. 부부가 서로 사랑하는 모습을 자녀들에게 보여주고 느끼게
해주는 건 최고의 인성교육이고 창의성 교육이며 감성이 풍부한
아이로 키우는 첫 걸음이다.
　사람들은 행복해지려고 바쁘게 일하는데 바빠서 행복하지가
않다. 부부는 함께 사사로운 일들까지 의논하고 꿈을 공유할 때

더욱 사랑이 깊어진다.

예전에 레크리에이션을 진행할 때 있었던 일이다. 부부대항으로 가슴으로 풍선 터뜨리기 게임을 했는데 호각을 불기도 전에 남자가 적극적으로 터뜨리려 하자 내가 "이햐~ 사모님을 와락 끌어안으시는 걸 보니 정말 사모님을 사랑하시나 봐요?" 했더니 남편 되시는 분이 무뚝뚝한 말투로 "아뇨. 얼른 끝내고 들어가려고요."

세상이 바쁘게 돌아간다. 그야말로 요지경이다. 그리고 사람들은 말한다. "예전 같지 않다." 늘 우리는 '예전 같은 것'에 대한 향수가 있다.
예전으로 돌아갈 수는 없지만 서로에 대한 관심과 사랑으로 이전 같은 마음을 가질 수 있다.

이 세상이 면면히 이어져 오는 건 부부에게서다. 부부가 어떻게 사느냐에 따라 세상은 더 행복할 수도, 힘들 수도 있다.
나는 감히 이렇게 말한다. 가정에서 행복감을 느끼면 그 사람은 무슨 일에도 가능한 사람이 된다고 말이다.

부부가 사랑하면
인생길이 부드러워 진다.

아내는 가정주부, 그럼 남편은???

아내는 가정주부. 그럼 남편은?

가정부(夫).

　요즘 남편들은 가정부. 맞는 것 같기도 하다. 가정부면 어떻고 가정주부면 어떤가? 이제 예전의 가부장적인 남편을 찾아보기가 쉽지않다. 어느 쪽에서는 가장의 권위가 땅에 떨어졌다고 한탄하는 사람들도 있다.

　시대는 변했다. 이제는 가족을 배려하고 감성이 풍부한 다정다감한 가장이 필요하다. 세상이 아프기 때문에 그렇다.

　남자 답다는건 힘이 세거나 터프한 게 아니다. 자신을 바라보는 아내와 가족을 위해 한없이 사랑스럽고 부드러운 모습으로 감싸고 품을 줄 아는 사람이 진짜 남자다.

　부부가 남편 노릇, 아내 노릇을 잘하다보면 화목하고
　한평생 사는 동안 인생이 노릇노릇하게 맛있게 되지 않을까?

셋.

말 한마디가
장미 100송이를 주는 것보다 낫다

아내가 샤워를 하고 브래지어를 찼다. 옆에서 신문을 보던 남편.
"야, 표시 하려고 차냐?"
이때 아내가 남편의 아랫도리를 바라보며
"내가 너 팬티 입을 때 뭐라고 하디?"

말 한마디가 사람을 살리고 관계를 돈독하게 한다.

얼마 전 저녁 식사 때의 일이다.
나 : 나 내일 일찍 나가서 늦게 들어올 거야.
아내: 몇 시에?
나 : 으음. 11시쯤?

아내 : 그럼 내일은 외롭고 쓸쓸하게 저녁 혼자 먹어야겠네.
그때 우리 어머니가
"아니 나도 있고 아버지, 그리고 네 아들도 있는데 무슨 소리
냐 외로이 혼자라니?"

그러자 아내가 말하길
"휴~ 사랑하는 남편이 없으니 혼자죠!"

따뜻한 말 한마디, 농담처럼 던진 말 한마디가 나의 마음을 따
스하게 했다.

잘 알고 지내는 목사님 사모님께서 해 주신 이야기다. 사모님이
시집을 오셔서 밥을 하는데. 할 때마다 돌이 씹히는 것이었다.
어느 날 집에 들어와 밥을 먹는데 첫 술에 돌이 씹혔다. 사모
님은 너무 미안한 마음에 어찌할 줄 몰라 하고 있는데 목사님은
사모님에게 말했다.
"여보! 돌이 덜 익었네!"

얼마나 위트 있고 멋진 멘트인가!

넷.

공감하라

토요일, 골프 미팅이 있어 아침 일찍 나가 저녁에서야 돌아온 남편. 무릎을 꿇고 집안 구석구석 열심히 닦고 있는 아내를 보자

"여보! 왜 이렇게 힘들게 일하는 거야? 잠깐 있어봐. 내가 도와줄게."

하루 종일 힘들게 일했지만 "도와주겠다."는 남편의 말에 고맙기도 하고 한껏 기대를 하고 있던 아내에게 남편이 방석을 가지고 와서는

"이거 무릎에 대고 해. 왜 힘들게 해~ 어때 안 아프지?"

"그래, 하나도 안 아프다. 인간아!"

내 아내는 청소를 도와주는 행위보다 어찌 보면 옆에 있어주는 걸 더 바란다. 자랑같지만 나는 그 마음을 알기에 청소하는 아내 옆에서 아들하고 놀기도 하고, 함께 청소도 한다. 굳이 함께 청소를 하지 않더라도 그 마음이라도 아내들은 바라지 않을까?

남자들은 대개 '공감'에 대한 이해가 부족하다. 특히 사회생활은 잘 하는 사람이, 집에만 오면 공감 능력이 현저히 떨어진다. 그렇다고 이것이 남자들의 문제가 아니다. 남자들은 생리적으로 그렇게 태어난 것이다. 그러나 그걸 생리적인 측면으로 치부해 버리고 아무런 노력도 하지 않는다면 어떻게 될까?

남자들은 대개 아내가 문제를 이야기하면, 아니 어떤 고민 되는 일이라도 이야기하면 그걸 해결해주려는 강한 유혹에 이끌리어 답을 제시해 주려고 한다. 그러나 아내들은 답을 원하는 게 아니라 자기 얘기를 들어주는 사람을 원한다. 그리고 이야기를 들을 때 "으음. 어.그랬어?"와 같은 추임새만 넣어주면 된다.

이것이 바로 1단계의 아내와의 공감대화법이다.
아이가 어릴 적에는 아이의 옹알거리는 소리도 다 알아듣는다. 그리고 엄마는 이렇게 말한다.
"아이고~ 우리 애기, 그랬쩌?"

상대를 설득하려 들지 말고 공감하라. 이것이 유머 스피치이
고 휴먼 스피치이다.

부부 사이를 유지하는 최고의 기술은
감정을 서로 느껴주는 데 있다.

다섯.

아내를 사랑해야 하는 이유

   '사랑'이란 단어는 많은 것을 포함하고 있다. 내가 사랑한다고 말하는 것과 사랑한다는 소리를 듣는 것은 또한 많이 다르다. 그러나 유사한 점은 그 둘 다 가슴이 뛰고 마음이 따스해지는 공통점이 있다는 것이다. 사랑한다고 말하는 사람이나 듣는 사람이나 에너지의 흐름은 긍정으로 흐르고, 영적인 우리의 내면을 강물처럼 도도히 흐른다

   '아내를 사랑하라.'는 말은 사랑을 받는 사람보다 사랑을 하는 사람이 더욱 정신적으로 풍요로워지기 때문에 지극히 '아빠'를, '남편'을 위한 말일지도 모른다.

   인간은 영적인 생명체다. "코에 생기를 불어 넣으시니 생령이

된지라."라는 창세기의 말씀처럼, 태초에 하나님이 그렇게 자기와 같은 형상으로 지으셨기 때문에 우리는 그의 성품대로 '사랑'이라는 단어에 모든 걸 내던지는 것이다. 그것으로 우리는 존재의 이유를 느끼고 이 세상을 살아갈 에너지원을 얻는 것이다.

이 땅에 많은 우울증에 고통 받는 사람들의 원인을 의학적인 용어나 심리학적인 접근을 하지 않더라도 나는 무엇이 문제인지 확언할 수 있다. 그것은 영의 문제이고 사랑의 문제이다. 사람은 자신을 알아주기를 바란다. 사람들이 싸우고 부부가 다투고 서로가 분쟁하는 이유는 모두 다 한 가지, 마음을 알아주지 않기 때문이다.

한평생을 살아가는 아내를 사랑해야 하는 이유는 이 부분만 가지고도 충분한 이유가 될 것 같다. 어찌 보면 순전히 자신을 위해서이다. 내가 아내의 웃는 얼굴을 봄으로써 행복감을 느끼고 싶은 것이다.

사람은 누군가가 자신을 바라보고 웃는 것은 자신을 환영하고 받아들인다는 표현으로 인식한다. 이 세상에 모든 사람들을 향하여 무엇을 위해, 무엇을 하라는 명령 같은 말들은 어쩌면 지극히 그 말과 행위를 하는 자신에게 하는 말일 것이다.
'환경을 보호하자.'는 말은 내가 하는 잠깐의 수고로움이 내 자녀들에게 뿐만 아니라 결국 나에게 유익으로 다가오는 것과 같은 이치이다.

  그러므로 "아내를 사랑하라."는 말은 결국 나의 행복도를 높이는 최선의 방법이다. '아빠가 자녀를 사랑하는 최고의 방법은 아내를 사랑하는 것이다.'라고 말한 그에게 찬사를 보낸다. 왜냐하면 명쾌하고 절대적으로 맞는 말이기 때문이다. 유머러스하고 행복한 아이가 되게 하려면 아이가 행복감을 느껴야 한다. 그러기 위해선 부부가 행복해야 하는데 이것이 또한 아내를 사랑해야 하는 이유이다.

  물론 아내도 남편을 사랑해야 함은 말할 것도 없다. 남편에게 사랑을 받지 못하는 아내는 자식에게 의존하고 기대하게 된다. 아내가 순종적이고 남편이 공격적이면 자식은 언젠가 아빠에게 반항하게 된다.

  이때 엄마는 말리기도 하지만 은근히 자식 편을 들며 남편과 적이 된다. 그때부터 남편은 은근히 따돌림 당하는 '은따'가 된다. 악순환의 연속인 것이다. 그러므로 "아내를 사랑하라."는 말은 아빠로서 남편으로서 나와 가정이 행복해지기 위한 지극히 이기적인 행복의 언어이다.

  행복은 언제나 이기적이다.

여섯.

고독이 흡연보다 해롭다

    많은 것을 가지고 있어도 웃음과 사랑하는 마음이 사라진 사람은 아프다.

    사람은 만나고 헤어짐을 반복하면서 사람의 소중함을 맛보기도 하고, 그리움이 커져 가기도 한다. 또한 사람과의 관계 속에서 존재감을 확인하며 기쁨과 행복 또한 경험한다.

    그리고 관계의 틀어짐과 어긋남으로 인해 어쩔 수 없는 고독에 힘들어 하기도 한다.

    그러면 누구라도 아프다.

    지금은 만나고 헤어짐이 너무나도 쉽게 결정 되어지는 시대라고는 하지만, 어디까지나 부부는 믿음과 사랑으로 만나 평생을 함께하는 동반자다.

    그렇기 때문에 서로를 고독하게 하거나 외로운 마음을 갖게 하지 말자.

 연구 결과에 의하면 '다른 누군가와 현재 갈등을 겪고 있는 사람은 그렇지 않은 사람들에 비해 감기에 걸릴 확률이 평균 2.5 배나 높다.'라고 나와 있다.
 사람의 마음으로 생긴 병은 대개 사람에게서 나오는 말이 약이 되기도 한다.

 왜 우울증에 걸릴까? 우울증은 현대인에게 찾아 온 너무나도 안타까운 병 이다. 또 그것이 왜 유독 중년의 부인들에 게 집중될까? 자식들은 어느 정도 크고, 남편은 사회에서 어느 수준의 위치에 오른 뒤 아내나 엄마의 역할은 사라지는 듯싶어서다. 사람은 자신의 존재감을 확인할 때 힘을 얻는다.
 마음과 얼굴에서 웃음이 사라진 병이 우울증이다. 그렇기 때문에 우울증은 웃으면 낫는다. 사랑하는 아내를 웃게 하자.
 바쁘다는 이유로 평생의 행복을 외롭게 하지 말자.

 고독은 흡연보다 해롭다. 사랑하는 삶을 고독에서 멀어지게 하자. 사랑하는 아내나 엄마라면 더욱 그리하자.

 마음을 알아주기 원하고 인정받고 싶어 하는 마음은
 아이나 어른이나 매 한가지이다

그놈이 그놈

어느 강의장에서 강사가 나이 지긋한 아주머니들에게 질문을 했다.

강사 : 다시 태어난다면 또 지금의 남편과 사실분 손 들어 보세요!

이때 2명의 아주머니가 손을 번쩍 든다

강사 : 와~ 대단하세요. 사이가 좋으신가봐요?

아주머니들 : 아니요~

강사 : 아니, 그런데 왜 또 사신다는 거예요?

아주머니1 : 딴 놈 만나면 뭐해요~ 그놈이 그놈인데요. 뭐~

아주머니2 : 한 놈 길들여서 이만큼 만들어 놨는데 딴 놈을 또 길들여요? 됐슈!!

왜 부부에 관련된 유머는 하나같이 슬프까? 함께 오래 잘산다는 건 인생에 참 귀한 복이다.

미운 사람은 늘 곁에 있다. 직장에서도 내 직장의 상사나 동료가 밉지, 다른 직장 사람이 아니다. 부대끼며 산다는 게 힘들지, 다른 곳으로 가도 사실 다 그놈이 그놈이다.

서로 오래 살아도 말이 안통하면 그것처럼 괴로운 것이 없을 것이다. 그래도 어차피 살 거라면 한번뿐인 삶을 멋지고 행복하게 보내야 하지 않을까.

내가 선택한 그 사람과 함께 지금 웃으면 웃을 일이 생길 것이다.

당신이 선택한 삶에서 즐거움의 꽃을 피워라.

일곱.

최고의 아내, 최고의 남편

어느 날 아침 식탁 앞에서 신문을 보던 남편이 자신이 투자한 증권 결과가 좋지 않다며 우는 소리를 했다. 아내는 아내 대로 요즘 새로 시작한 다이어트가 뜻대로 안된다면서 불만을 털어놓았다. 아내는 과거에도 여러 번 다이어트를 시도해보았지만 제대로 된 적이 없었다. 남편이 투덜거리며 증권 시세란을 보다가 아내를 힐끗 바라보며 하는 말.

"내가 투자한 것치고 갑절로 불어난 것은 당신밖에 없네."

부부가 외출을 했는데, 앞서가던 남편이 무단횡단을 했다. 깜짝 놀란 트럭 운전사가 남편에게 소리를 질렀다.

"이 바보 멍청이. 얼간 머저리. 쪼다야. 길 좀 똑바로 건너!"

이 말을 들은 아내가 남편에게 물었다.

"당신 아는 사람이에요?"

"아니, 왜?"

"그런데 당신에 대해 어쩜 그렇게 잘 알아요?"

아이들이 동물원으로 소풍을 갔다. 사자 우리 앞에서 선생님이

"여러분, 세상에서 제일 무서운 동물이 뭐죠?"

"사자요!"

"그럼 사자보다 더 무서운 동물은요?"

"암사자요!"

부부에 관한 유머는 하나같이 씁쓸하고 미움을 넘어서 증오로 다가오는 내용이 대부분이다. 그만큼 잘지내는 부부가 적다는 반증이기도 하다.

유머는 현실에 대한 반영이 많다. 슬픔을 희화화하고 예전 군사정권의 정치 유머가 암암리에 성행했던 것도 짓눌린 감정의 표출이었다.

모쪼록 부부가 잘살아야 한다. 나중에 보면 그만한 행복이 없다. 서로를 필요로 하지만 정말 '님'이라는 글자에 점 하나만 찍

으면 '남'이 되는 사이처럼 때에 따라 냉랭한 기운이 느껴지기도 한다. 최고의 아내, 최고의 남편이 되는 방법은 서로의 마음을 알아주는 말 한마디로 족하다.

우스갯소리로 나는 "점쟁이를 해도 살 수 있다."고 말한다. 점 집에 오는 사람의 얼굴을 보고 이렇게 말하면 100% 공감하게 할 수 있기 때문이다.

"참, 힘들게 지내셨군요?"

"오늘 힘들었지?", "저번에 고마웠어."라는 한마디로 부부의 관계는 밀착되어진다.

최고의 아내, 최고의 남편은
서로의 마음을 알아주는 부부의 이름이다.

호주에서 있었던 일.

교도소 수감자인 그의 목표는 오직 탈옥!

그는, 매일 아침마다 빵을 나르는 차가

교도소에 빵을 배급하기 위해 들른다는 사실을 알고

탈옥을 결심 하던 중 드디어 기회가 왔다.

모범수가 되어 빵 차에서 빵을 내리는 일에 투입!!

수감자는 빵을 다 내린 뒤, 몰래 빵 차에 몸을 숨겼고 드디어

빵 차가 교도소 문 밖으로 출발했다.

탈옥 성공!!

수감자는 자유를 연호 하며 즐거운 상상에 빠져 있었다.

드디어 빵 차가 어느 곳 에 도착했다.

문이 열리고, 인기척이 없을 때 살금살금 내린 그곳!!!!!!

그곳은 다른 교도소 였다. (교도소에만 빵을 공급 하는 빵 차

에 탄 것)

구상님의 '꽃자리'라는 시가 있다.

반갑고 고맙고 기쁘다
앉은 자리가 꽃자리니라
네가 시방 가시방석처럼 여기는
너의 앉은 그 자리가
바로 꽃자리니라

누군가 그랬다, '내 마음이 닫아 있어 슬프고 힘들면 그곳이
감옥 이다.'
이곳에서 저곳으로 간다고 사실 별 다를 건 없다.
감사하며 기쁘게 살면 그곳이 자유고 닫힌 마음으로 살면 그
곳이 감옥이다.

여덟.

아내가 해 준 것이 가장 맛있다

식당에서나 다른 집에 가서 식사를 맛있게 하고 온 뒤 아내에게 이렇게 말하는 남자.

"야~ 거기 음식 진짜 맛있더라. 특히 열무김치가 살살 녹던데?"

아내와 함께 먹었건, 혼자 먹었건 이렇게 말하는 건 금물이다. 왜냐고? 그래도 거기까지면 괜찮다. 함께 맛있게 먹었다면 아내도 아무렇지도 않게 인정할 수 있으니까. 꼭 뒤에 따라오는 말이 문제를 일으킨다. 그런데 대부분의 남자들은 이 말의 심각성을 모른다는 것이 안타깝다. 마음은 그게 아닌데 말하는 법이 다르다는 것이다.

"어떻게 그렇게 무가 살살 녹냐~ 당신도 한 번 그렇게 만들어 봐! 왜 우리 집에서 담그면 이 맛이 안 나지?"

죽음을 부르는 말이다. 그런데 남자는 해놓고도 그 심각성을 모른다. 이런 식의 말을 들었을 때 대부분의 아내는 "그래, 진짜 맛있다."라고 동감하면서도 기분은 별로다. 말은 하지 않아도 마음은 이미 상해있다.

우리 어머니도 음식 솜씨가 좋은 큰어머니가 해 주신 음식을 먹고 나서 "이렇게 만들 수 없냐?", "진짜 맛있더라."며 속없이 말씀하시던 아버지 때문에 젊은 날 무던히도 자주 다투셨단다.

동서고금을 막론하고 입이 방정이면 될 일도 안 된다. 또 '한마디 말로 천 냥 빚을 갚는다.'는 말처럼 말이 곧 예술이요, 지혜다.

"당신도 한 번 그렇게 만들어 봐!"라는 말을 해서는 안 된다. 그런 뜻이 아니라고 해도 소용없다. 내가 너무 여자의 입장에서만 대변한다고 푸념하는 남자들도 있겠지만 그건 현실을 바로 인식하지 못하고 상대의 마음을 읽는 데 조금 어려움을 느끼는 분들의 말이다.

왜냐하면 우리는 그 열무김치를 맛있게 담그는 아주머니(아저씨일수도 있다.)와 살아가는 게 아니기 때문이다. 아무리 그 열무김치가 맛있었다 하더라도 이렇게 말하면 된다.

"캬~ 그 열무김치 정말 맛있기는 한데, 당신이 한 것만은 못하네."

    아내도 인정하는 맛이었다면 남편의 그 한마디가 거짓인 줄 알지만 고마울 것이다. 그러면 아내는 그 열무김치를 더 맛있게 담그려고 노력할 것이다. 지혜로운 칭찬과 권면은 사람을 살린다.

지혜 있는 말 한마디가
부부를 가깝게 하고 가족의 평화를 가져다준다.

아홉.

난 세상에서 당신이 제일 좋아

아내가 어느 날 몸이 아프신 장모님을 간호하고 있는 '처남댁' 칭찬을 늘어놓았다. 처남댁은 친절하고 음식 솜씨까지 아주 좋다. 아내는 음식을 뚝딱하고 금방 만들어 내오고, 센스있게 반찬을 만들어내는 처남댁을 입에 침이 마르게 칭찬을 하며 놀라워했다. 나도 처남댁의 반찬 솜씨에 감탄을 한 적이 있다.

아내가 당신 앞에서 당신도 인정하는 어떤 사람을 칭찬하거나 부러워할 때 이렇게 말하라.

"다 필요 없고, 난 이 세상에서 당신이 제일 음식 잘 한다고 생각해."

드라마에서 멋진 여자를 부러워하거나, 길거리에서 예쁜 여자를 봤을 때도 이렇게 말하라.

"저 사람이 예뻐? 얼굴과 몸매가 당신 정도는 돼야지."

그러면 아내는 거짓말인줄 알면서도 좋아하고 고마워한다. 당신의 아내는 당신이 선택해서 결혼한 소중한 사람이기에 더욱 그렇게 말해야 한다.

살다보면 '내가 왜 이런 사람하고 결혼했을까?' 하는 자괴감에 빠질 때도 있을 것이다. 그럴수록 더욱 이렇게 말하라.

"난 이 세상에서 당신이 제일 좋아."

무조건 좋다고 말하라. 아내와의 관계가 요즘 뜸하다면 더욱 그렇게 하라.

놀랍게도 "좋아, 좋아"라는 말을 반복하면
실제로도 좋아진다.

열.

또 매력 발산하네!

　아내는 간호사이고 나는 제과점을 경영할 때 만났다. 교회에서 오빠, 동생 하면서 친해졌고 그 당시 아내는 지금의 장인어른과는 사뭇 사고방식이 다른 나에게 끌렸단다. 그 가장 큰 요인이 '긍정적인 성격'이었다고 한다. 그렇다고 장인어른이 부정적이라는 건 아니다(장인어른이 보실지 모르니 이렇게 써야 한다). 어떻게 말해야 하나 '치밀함', '깐깐함' 같은 것?!

　아내가 어릴 적부터 아버님이 다 챙겨주시고 본인은 전혀 인식하지 못하는 '잔소리(본인은 도움이 되는 말이라고 ㅎ-심)'가 많고, 충고적인 멘트를 많이 하신다. 그와 반대로 나는 잘 웃고 매사에 긍정적이고 낙천적이고 낙관적이었다.

그런데 우스갯소리로 "결혼하기 전에는 이것 때문에 좋았는데 결혼 후에는 이것 때문에 싫다."는 말처럼, 결혼하기 전에는 나의 그런 '긍정적인 모습'이 좋았는데, 결혼 후엔 매사에 너무 긍정적이어서 현실감이 없어 보여 그게 싫더란다.

결혼 후 3년 동안은 어느 부부나 그렇겠지만 자주 다퉜다. 서로 다른 사고방식을 가지고 그걸 맞추지 않고 주장하며 살려니 버거웠던 것이다.

"어떻게 이걸 여기다 놓고 가만히 있을 수 있어?"

"어머니는 왜 그래?"

"장모님은 왜 그러시는데?"

"쫌 그렇게 생각하면 안되냐?"

평소에는 안 그러는데 불편한 일이 생기거나 마음에 안 드는 일이 있을 때 아내를 이해하고 어떻게 대해야 할지를 파악하는 데 참 오래 걸렸다.

아내는 한마디로 톡톡 쏘아붙이는 데 대가(?)이다(지금은 상냥하고 너그럽다. 정말이다. 아내가 볼지도 모르니 이 말은 꼭 짚고 넘어가야겠다). 그렇게 쏘아붙일 때마다 내가 맞받아쳐서 싸우거나 서로의 감정이 상한 적이 많았다.

유머 스피치 강의 일을 하는 직업 때문인지 신앙 때문인지 그러던 어느 날 난 마음을 고쳐먹었다. 어차피 함께 평생을 지낼 아내니까 내가 받아서 넘기기로 했다. 한 사람이 일방적으로 참는 것은 올바른 방법이 아니라고 본다. 그러나 나는 참는 게 아니라 서로 웃으면서 잘살기로 한 것이다. 그래서 아내가 톡톡 쏘면서 말할 때마다 이렇게 말했다.

"어! 또 매력 발산하네!"

이 한마디에 아내는 웃기 시작했다. 그렇게 말하고 난 후 내 마음도 변하기 시작했다. 아내가 더 사랑스럽게 느껴지고 아내와 나는 이제 거의 다투지 않는다. 위트 있는 말 한마디와 웃는 행위는 순간적으로 서로의 보호막을 걷어 버린다.

부부가 싸우는 이유를 보면 다른 이가 보기에 참 별 것도 아닌 게 많다. 유치하기까지 하다. 그런데 우리는 깊은 상처를 받고 눈을 흘기며 다툰다. 아직 나를 버리지 못했기 때문이다. 또 내가 생각하는 것이 더 옳다고 생각하기 때문이다.

"어! 또 매력 발산하네!"는 남편들이, 아빠들이 꼭 사용했으면 하는 말이다. 아이가 투정부릴 때 혼내지만 말고 이렇게 말해보자. 그러면 아내나 아이가 사랑스럽게 느껴질 것이다. 그리고 아내나 아이는 웃을 것이다. 그리고 조금 지나서 당신, 남편, 아빠의 이야기를 하라.

가정을 웃음으로 가꾸는 아빠이자 남편으로 산다는 건 당신에게 크나큰 유익을 준다. 사람의 마음에 사랑하고 감사하는 마음처럼 큰 에너지 파장을 일으키는 건 없다. 거기에 웃음이 더해지면 금상첨화!

"또! 매력 발산하네!"라는 말 속에 사랑의 마음과 웃음이 녹아 있다.

이 한마디는
당신의 삶을 팍팍한 고행을 벗어나 행복한 여행이 되게 한다.

열하나.

미리 선수를 쳐라

퇴근한 김 과장에게 아내가 물었다.

"자기, 결혼 전에 사귀던 여자 있었어? 솔직히 말해봐. 응?"

"응, 있었어."

"정말? 사랑했어?"

"응, 뜨겁게 사랑했어."

"뽀뽀도 해봤어?"

"해봤지."

아내는 드디어 화가 머리끝까지 치밀어 올랐다.

"지금도 그 여자 사랑해?"

"그럼 사랑하지. 첫사랑인데."

완전히 열이 오른 아내가 소리를 빽 질렀다.
"그럼 그 년하고 결혼하지 그랬어?"

그러자 김 과장 왈,
"그래서 그 년하고 결혼했잖아."
 아내가 당신에게 따지듯 말하거나 불평을 늘어놓거나 싸움을
걸어오려 할 때 이렇게 응수하라.

부부가 싸우는 요인 중에 으뜸은 단연 '친정 욕, 시댁 험담'이
다. 아내가 시댁 식구를 못마땅하게 말하거나, 남편이 친정 식
구를 못마땅하게 말할 때. 사실 돌아보면 사소한 일이 대부분 부
부싸움으로 번진다.
 이때 가장 현명한 처방이 '선수 치기'이다. 아내가 혹시 시누이
나 시동생 험담을 하려 들면 고수다운 유머감각이 필요하다. 이
때 간단하지만 상황의 심각성에 따라서 조금 어려운 처방을 하
나 하자면 이 문제도 솔직히 생각하기 나름이다. 부부싸움은 대
개 자존심을 건드릴 때 발생하기 쉬운데 시댁 식구나 친정식구
를 비방하는 말들은 서로의 치부를 건드리는 일이기 때문에 더
욱 그러하다.
 그런데 사실 아내나 남편이 시동생이나 처남, 장모님이나 시
어머니를 두고 투덜거릴 때 그 이야기를 듣는 사람은 남편이나
아내지 그 당사자가 아니다. 싸우는 이유는 자기 가족을 무시한

다고 생각하기에 그렇다.

만약에 아내가 시동생이나 또는 시누이를 못마땅하다는 말투로 "그 애는 왜 그러는 거야?"라는 식으로 따지듯 이야기를 할 때 화를 내면 절대 안 된다. 그럴 땐 씨-익 웃고는 한 술 더 떠야 한다. 아내가 말하려고 할 때 남편인 당신이 더 화난 듯 욕을 퍼부어라. 아내가 하는 말에 힘들겠지만 마음 상해하지 말고 더 받아서 휘몰아쳐라.

"그러게 말이야 아주 이상한 애야. 그 애는 생각도 없나봐 내 동생만 아니면, 콱!" 이런 식으로 말이다. 이때 온 힘을 다하여 아내 편이 되어라. 그렇다고 당신이 불효자나 나쁜 오빠, 형이 되는 것은 아니다. 너무 저자세로 나와서 읽으면서 마음이 불편한가?

아내는 남편이 자신의 편을 들어주는 걸 은근 좋아하고 고마워한다. 이것이 포인트 기술이다. 그러면 또한 웃으면서 상황 끝.

아내나 남편이 서로의 식구들 편을 들면서 "당신, 어떻게 그렇게 말할 수가 있어?"라고 하면 "그래, 그럼 가서 살아!" 또는 "그럼 뭐 하러 나하고 결혼했어?"라든지 더 심한 말도 나오게 된다.

사실 스트레스 안 받는 사람이 어디 있는가? 양가에서 아무리 잘해주신다 해도 사람인지라 스트레스도 받고 불만도 있을 수 있는 법. 부부는 그렇게 말할 때 순간 서로가 자기편이 아니라고 생각이 들어서 분한 것이지 본심은 아니다. 이럴 땐 "난 다 필요 없고 당신 밖에 없어!"라는 식의 표현이 필요한 것이다.

그래서 '아내나 남편보다 한 술 더 떠서 험담하기.'는 상대의 마음을 알아주는 좋은 방법이다. 이렇게 되면 서로의 부모님이나 식구들에 대한 감정이 풀리면서

더 좋아지게 된다.

믿음 좋은 시어머니

믿음이 좋은 시어머니가 기도하던 중에 자식이 없는 며느리를 목사님에게 가서 기도를 받게 해야겠다고 생각했다. 그런데 며느리는 믿음이 부족해서 썩 내키진 않았지만 어머니 부탁이니까 그냥 받기로 했다. 시어머니가 기도 받기 전 며느리에게 부탁하며 하는 말.

"아가야~ 목사님이 손 얹고 기도하실 때 무조건 '아멘! 아멘!' 해야 된다."

그러나 목사님의 기도를 받으면서 며느리는 "아멘"이란 말이 나오질 않았다. 이때 다급해진 시어머니. 며느리 대신 연신 "아멘!"을 외치는데.

3개월 후 결국 기도는 응답되었다.

시어머니가 임신을 해 버렸다.

믿는 대로 되고 말하는 대로 된다. 이런 말이 있다. '생각이 자신이다.' 자신이 생각한 그것이 자신의 인생이 되고 자신이 지금 하는 그 말로 되어진다. 성경에 보면 '믿음은 바라는 것들의 실상'이라 했다. 바라는 것을 강하게 믿으면 그대로 된다.

콩 심은 데 콩 나듯, 긍정은 긍정을 낳고
부정을 통해서는 긍정이 결단코 나오지 않는다.

나오며

기쁨의 사람

매일 우리는 음식을 먹는다. 건강을 생각해서 음식을 가려서 먹기도 하고 입에 당기는 음식을 먹기도 한다. 또 허기진 배를 채우려고 아무거나 먹기도 한다. 그렇게 하다보면 조금씩 몸에 변화가 오기 시작한다. 음식과 마음의 상태에 따라서 건강해지기도, 유약해지기도 한다.

매일 우리는 사람을 만난다. 그 사람들 중에 만나면 기쁜 사람이 있고, 만나면 만날수록 나의 에너지를 빼앗아가는 사람이 있다. 그렇다고 사람을 골라서 만날 수는 없다. 내가 먹으면 건강해지는 음식과 같은 사람이 바로 내가 되어야 한다.

부모들은 자식에게 '나쁜 친구 사귀지 말라.'고 말한다. 이제는 그 말을 '네가 좋은 친구가 되라.'고 바꾸어야 한다. 혹 어느 때라도 우리는 그 사람에게 유익이 되는 기쁨의 사람이 되어야겠다. 사람을 살리는 그런 사람 말이다.

이 책을 통해 사람을 살리고, 이미지를 살리고, 가족을 살리는 유머 스피치, 한 걸음 더 나아가 휴먼 스피치를 내 몸에 잘 맞춰 자유롭게 구사할 수 있기를 기대한다.

어느 순간,

행복에 겨워하는
당신과 당신을 사랑하는 사람을 발견하게 될 것이다.